Elena Sartorius

Una bahía tranquila en Puerto Rico

Margarita

© 2020, Elena Sartorius
Ilustración y diseño de la cubierta: © Nedinia Waiba
Diseño y maquetación: Verónica Díez
Segunda edición, abril de 2021

ISBN: 978-1-7352861-4-3
Impreso en Puerto Rico

Esta es una obra de ficción, pero las historias que cuenta son reales.

«Si tomare las alas del alba
Y habitare en el extremo del mar,
Aun allí me guiará tu mano».

Psalmo 139:9-10

Capítulo 1

Abuela no está de acuerdo conmigo, pero estoy convencida de que hay más gente buena que pendejos en la Tierra.

«¿Ah, sí?», me preguntó. «Sí», le dije, «la semana pasada se levantaron tres personas para dejarme su sitio en un banco». Abuela no pareció impresionada. «¡Eso no significa nada!». Y siguió colando su café, con la mirada en el vacío, como si de repente se hubiese desconectado del mundo.

Abuela ha visto de todo, pero yo estoy segura, solo había cuatro personas en la playa observando unos pececitos plateados que saltaban en la superficie del mar. Tres de ellas se levantaron en cuanto vieron mis muletas. Tres de las cuatro, setenta y cinco por ciento, una bonita mayoría.

«¿Ah, sí? ¿Y cómo ves eso?». Abuela se dio la vuelta. A menudo reacciona con retraso, y desde hace un tiempo ha empezado a repetir las cosas. A veces le contesto lo mismo, a veces no. Lo importante es no perder la paciencia, no es culpa de Abuela si se olvida. Le di otro ejemplo. «Cuando llegué a casa anoche, una señora me preguntó si podía hacer algo por mí. Le dije que estaba bien, pero ella quería ayudarme, así que sacó su teléfono celular y con la luz que él proyecta iluminó los escalones para que no me cayera en la oscuridad. Me quedé muy conmovida».

«¿Y qué hacías tú en la playa, con tu pierna mala?». Creo que Abuela, Abu para nosotros, ya no tiene una clara noción del tiempo, ve las cosas de manera desordenada. No distingue si algo ha ocurrido antes o después, si sucedió ayer, esta mañana o hace cincuenta años. «Volvía a casa de la clínica», le contesté, «el médico me dijo que debía quedarme quieta durante dos meses. ¡Te das cuenta, Abu, dos meses sin caminar, sin paseos por la playa, sin viajes, encerrada en casa! Entonces le pedí al taxista que me dejara en la playa y después vine hasta aquí saltando sobre mi pierna buena con la ayuda de las muletas».

Abu me conoce, no dijo nada. De todos modos, hubiera sido inútil. Se acercó a la nevera y me alcanzó un vaso de jugo de carambola. Lo prepara ella con las carambolas del vecino. Abuela sabe que yo no tomo café. Ya sé que es una aberración, aquí en el Caribe, siempre tengo que encontrar excusas. En realidad, hay veces que sí acepto una taza, pero es algo muy excepcional. Como me pasó en Haití hace poco. ¡No se me habría ocurrido rechazar una taza de café en Haití! Aunque yo casi no tome café, me encanta cuando la gente lo prepara, ¡huele tan bien! Pero lo que a mí me gusta es el mantecado de café, de otra forma el café lo encuentro demasiado amargo. Además, el helado de café no es adictivo, bueno... o por lo menos eso creo.

«¿Qué vas a hacer ahora?». ¡Vaya preguntas que hace Abuela! Como si hubiera tenido tiempo para pensármelo. Apenas me acabo de dar cuenta de lo que ya no puedo hacer. Bastó que no prestara atención durante una fracción de segundo que el borde del escenario estaba demasiado cerca... y ¡púmbala!, vino la caída. Justo en el momento en el que participaba en una conferencia en Ginebra delante de setenta psiquiatras, expertos de todas las partes del mundo. ¡Vaya espectáculo les ofrecí ese día! Desde entonces, el mundo ha cambiado de dimensión. Por un lado, se ha vuelto demasiado grande: las distancias se han alargado de forma abismal, como si ahora estuviera mirando el mundo por el lado equivocado de un telescopio. ¡Todo me parece tan lejos, tan difícil de alcanzar con este paso de cangrejo cojo! Por otro lado, mi espacio se ha reducido de forma agobiante: mi habitación, la cocina, la sala de estar, el baño. Nada más que cubos y paredes. La inmovilidad ha caído entre el mundo exterior y yo como una guillotina. ¡Menos mal que existen las ventanas! La del salón da a la bahía. «¿Y ahora qué vas a hacer?». Abuela me hace la misma pregunta con el mismo tono. «Todavía no sé, Abu, lo tengo que pensar».

Capítulo 2

Mi primera preocupación es cómo voy a ganarme la vida si no puedo salir de casa. Sin trabajo y sin un nuevo contrato a la vista. ¡Trata de convencer a cualquiera de que eres la mejor con un yeso y muletas! Abuela piensa que debería haber trabajo para todos. Ella sostiene que los gobiernos se equivocan, que lo que necesitamos es crear más empleos para las personas, no quitarles su trabajo. «Construyen muchos robots y automóviles sin conductor», dice, «pero eso no es lo que más necesitamos».

Abuela tiene razón. ¡Hay personas que mueren por no tener trabajo, y otras que se suicidan porque tienen demasiado! A la Abuela no le gusta nada la idea de vehículos sin conductor. En el autobús, a ella le agrada saludar al chófer al subir y decirle «adiós» al bajar. «No te dejes engañar», dijo, «te quieren hacer creer que un mundo de robots y autos sin conductor es mejor. Pero eso no es cierto, lo que quieren es no tener que pagar salarios y cotizaciones sociales. Las personas como tú y yo no les importan, solo quieren vender todo eso para ganar más dinero».

Para mí, que vivo de contratos cortos, siempre ha sido un poco complicado encontrar trabajo, ganarme la vida. Cada vez es como intentar entrar en un castillo. Esperas a que te llegue la invitación, sacas tu ropa bonita, bajan el puente levadizo, disfrutas de muchas cosas buenas para comer, vives a lo grande, hasta que se acaba tu contrato. De la noche a la mañana, te sacaron de la fortaleza, se cerraron los pesados portones, se levantó el puente levadizo y los guardias en la entrada te cortan el paso. Te conviertes en mendigo otra vez. Hay gente que no entiende cómo soporto eso de pasar constantemente de una vida de aristócrata a la de pordiosero. Yo tampoco. Alternar entre la gran vida y períodos de incertidumbre total. A veces es emocionante, a veces me cago de miedo. Pero así es, no lo puedo evitar. Encerrarme en el castillo sería como estar condenada a cadena perpetua. Ser mendigo nunca es fácil, pero me siento más libre, aunque la realidad siempre termina alcanzándome.

Cuando me vuelvo loca, como ahora, escucho cuentos. «¡Abu, cuéntame otra vez cómo viste a la tortuga!». Hace unos días Abuela ha visto un carey en la playa. Hace treinta años que no había ocurrido. Los careyes vienen todos los años por esta zona, pero no a nuestra playa. Es por culpa de las cabañas, hay demasiada gente que viene los fines de semana, a las tortugas no les gusta, necesitan tranquilidad. Por eso vienen de noche, a escondidas. Pero desde el huracán, las cabañas están cerradas, las dañó la tormenta y las autoridades no tienen dinero para repararlas.

El huracán fue terrible, destruyó tantas casas, árboles, vidas. No teníamos qué comer, ni agua, ni electricidad. Aquí, en la bahía, encontramos varios veleros varados en la arena. Nadie vino a reclamarlos; la multa habría sido demasiado alta. ¡Hay que ser realmente irresponsable para dejar un velero en la bahía durante un huracán! La gente del mar, la de verdad, lo sabe.

Hay un señor muy pobre que vive en la bahía en su barco destartalado, jaló solito su bote a la orilla antes de la tormenta y lo escondió en el manglar. Su bote es su único hogar, y él sabe lo que pueden hacer los huracanes. A su bote no le pasó nada. A los ricos propietarios, no les importa si sus embarcaciones se varan en la playa, las dejan allí y se compran un nuevo velero en otro lugar.

Algunos artistas locales pintaron en silencio esqueletos de ballenas y peces muertos en los cascos de los barcos varados. No sé qué hicieron con las pinturas, pero los veleros ya no están. Las pinturas eran hermosas, me hubiera gustado ponerlas en un museo, para que no olvidáramos lo que pasó. Extraño esos «murales», pero no los vacacionistas en las cabañas. ¡Desde que se fueron, el agua de la playa se ha puesto tan clara! La mayoría de la gente del pueblo piensa igual que yo.

Esa noche, Abu tuvo un encuentro precioso. Le encanta contarlo. «Estaba caminando por la playa, debían de ser las siete, acababa de caer la noche. Para mí es el mejor momento en la bahía, el más tranquilo, cuando no queda nadie, solo tú, la noche y el mar, justo antes de que se ponga demasiado oscuro. De repente vi una piedra rodando por la arena delante de mí».

Abuela se para aquí, siempre en el mismo lugar, como para darle más peso a su relato. Echa una cucharada de nata en su café y empieza a revolver con la cucharita, muy lentamente. Creí que iba a dibujar flores con la nata, como los mejores baristas de la isla. Pero retoma su relato. «Iba a seguir, pero la piedra me pareció demasiado grande, así que me acerqué. No era una piedra, ¡era una tortuga! Un carey. De esos con los que se han hecho tantas gafas y tanta sopa que casi han desaparecido. Acababa de anidar y estaba volviendo al agua. Le di las buenas noches, me senté detrás de ella y la miré mientras desaparecía en el mar».

Abuela llamó a los vigilantes de la playa, que avisaron al grupo local de protección de las tortugas. A la mañana siguiente, rodearon el nido con palos de madera y cinta anaranjada para que nadie dañara a los huevos. En dos meses, deberíamos ver a las tortugas bebés saliendo del nido y comenzando su carrera loca hacia el agua, atraídas por la blancura de la espuma. ¡En nuestra playa! ¡No me lo puedo creer!

Esta inesperada victoria de la naturaleza, cuando todo parece estar en contra de ella, es un gran consuelo. Sobre todo para mí. ¡Sobre todo este año, en el que he tenido tantos fracasos! La caída de la semana pasada no es más que la más reciente de una larga lista. Me pregunto qué querrán decir tantos infortunios. No puedo evitar buscarle un significado a todo, necesito entenderlo todo, analizar todo. Es casi una enfermedad. ¿Acaso la suma de todos estos fracasos significa que la felicidad no es para mí? ¿Que me tengo que conformar con los problemas y la precariedad? ¿Que lo estoy haciendo mal? ¿O significa que estoy en el buen camino, el más difícil, el que está lleno de espinas?

Desde hace algún tiempo, donde quiera que voy, sucede alguna catástrofe. Ya he pasado por tres huracanes, un terremoto, dos accidentes… ¡No faltaba más que una epidemia! ¿Solamente a mí me ocurren todos estos desastres, o a todo el mundo? ¿Será esto estar maldito? ¿O no es más que una congelación de la imagen en el peor momento de la película?

¡Por supuesto, cometo errores! No es que no me dé cuenta, pero a menudo es demasiado tarde. A veces meses o años después. Es entonces tarde para cambiar las cosas. Vaya vergüenza, cuando te das cuenta meses o años después. Hiciste una tontería y durante todo ese tiempo pasaste por una idiota y no puedes volver para atrás, porque si contactas a la persona para decirle que lo sientes, que te diste cuenta de haber metido la pata, el otro hasta ha olvidado quién eras. ¡Ya no pasas por una idiota, sino por loca! Pasas por una loca y, además, eso no te impide volver a hacer otra tontería después.

Entonces, no digo nada. Escribo cartas y correos electrónicos en mi mente que nunca enviaré. Imagino llamadas telefónicas que nunca haré. Pido perdón por dentro. Pienso en una oración, aprendida o espontánea, lo importante no es eso. Lo importante es que te dieras cuenta, aunque el otro no lo sepa. Siempre saldrá algo de tu oración, de alguna forma u otra, será escuchada.

Capítulo 3

Abuela no cree del todo en la religión, a pesar de que tiene orígenes cristianos, judíos y zoroastrianos. ¡Incluso tuvo un esposo budista! Se casó en una *gompa*, un templo tibetano en el Himalaya. Cuando alguien le pregunta por qué fue a buscar un esposo al pie del Kanchenjunga, dice que no encontró ninguno que valiera la pena más cerca de su casa. Abuela piensa que la religión es otra forma de gobernar.

«Los sacerdotes contaron la historia de Adán y Eva, de la manzana y la serpiente porque querían guardar el conocimiento y, por lo tanto, el poder, para ellos mismos».

«No creo, Abu, pienso más bien que es porque tenían lucidez. Ya viste lo que pasa cuando se deja demasiado poder en mano de los humanos, ¡terminan destruyéndolo todo! Y los poderosos, los que nos gobiernan, tienen tan poca sabiduría que solo nos dan migajas mientras se llenan la panza en secreto. Pero yo quiero seguir creyendo en el paraíso. ¡Qué triste sería un mundo sin paraíso!».

Aunque desconfía de la religión, o más bien de los que buscan engañar a los otros bajo el disfraz de la religión, Abu guarda sobre su mesita de noche una pequeña escultura de la Virgen. No es más que la silueta estilizada de la Virgen en madera de olivo que sostiene al Niño en brazos. La trajo de Palestina, Abuela le tiene mucho cariño. «Mientras haya personas que crean en la paz», dice, «hay esperanza». No estoy segura, pero creo que he oído a Abuela rezar sola en su habitación. No entiendo cómo todavía hay gente que piensa que las guerras pueden resolver los problemas. La guerra, los políticos, son tal para cual. Esto para ti, esto para mí, y los demás que se aguanten. Lástima que no hayamos aprendido nada desde que apareció el supuesto homo sapiens hace 200.000 años. Siempre habrá algunos dispuestos a seguir a un jefecito con la esperanza de alzarse con algo a su paso.

Abuela era feminista. Pero ahora dice que las mujeres se están volviendo tan estúpidas como los hombres. «Es algo bueno que ya no nos puedan manosear o violar sin que digamos ni mu. Pero te das cuenta, hay tantas mujeres que quieren entrar en el ejército, mientras que precisamente es porque a los hombres los estaban masacrando en la guerra que las mujeres por fin comenzaron a vivir». Abuela admira a las mujeres fuertes y valientes, pero dice eso porque piensa que el progreso es cuando los hombres sueltan las armas, no cuando las mujeres las toman.

«Te imaginas», dice, «si en lugar de enviar a todos estos jóvenes soldados al desierto a hacer la guerra, se les pidiera que ayudaran a los civiles allí a construir escuelas, crear oasis, huertos, cosas útiles. ¿No crees que la gente confiaría más en ellos en vez de luchar contra ellos? ¿Tú crees que los soldados se dejan engañar o saben que lo único que les interesa a sus gobiernos es defender los lugares sagrados del petróleo?».

Abuela nunca ha vivido una guerra. Pero su padre pasó por dos. Después, apenas comía, porque aparte de los poemas que le salvaron la vida, y que nunca olvidaría, lo único que aprendió durante la guerra fue a tener hambre. Abu no ha vivido ninguna guerra, pero la guerra le envió una vez un regalo.

Un día, recibió una carta que no esperaba. El sobre llegó a su buzón todo arrugado. El sello indicaba que la carta venía del Líbano. La abuela estaba muy sorprendida porque sabía que el Líbano estaba en guerra y no pensaba que se pudiera recibir una carta de un país en guerra. Dentro del sobre había un mensaje, también arrugado. Un mensaje para darle las gracias. En el sobre, además, encontró un collar, un collar que olía muy bien, aunque hubiera pasado una guerra. El collar estaba hecho de diminutas bolitas de madera de sándalo.

Abuela se alegró mucho, era un lindo mensaje y un precioso regalo. «Cuando viajas», me dijo, «a veces suceden cosas increíbles, tanto, que a veces ni siquiera te das cuenta». Quise saber más. «Ocurrió durante una larga estadía en la India, mucho antes de conocer al abuelo. Después de viajar por todo el país, en tren, en autobús, a pie, en camello, volví a la capital. Estaba oscuro ya, y casi no me quedaba dinero. Buscaba un lugar donde dormir, pero todos los sitios baratos estaban llenos. Me habían echado de todas partes, así que no sabía adónde ir, y me quedé ahí, frente a la pequeña cabaña que servía de recepción en una especie de campamento. No quería dar un paso más en la noche. Lo único que quería era llorar».

Agarré la mano de Abuela. No me gusta cuando está triste, me hubiera gustado estar con ella en ese momento para consolarla. «De repente», siguió, «llegaron cuatro jóvenes, debían de tener veinticuatro o veinticinco años. Yo apenas había terminado la escuela. Llegaron a la recepción a buscar la llave de sus habitaciones. Pensé que tenían mucha suerte de tener un lugar donde dormir. Cuando me vieron llorando, me tomaron del brazo y me dijeron que fuera con ellos. Yo estaba muerta de miedo, pero los seguí. Ya no tenía fuerzas para ir a ninguna parte. No eran habitaciones, eran más bien como unos pequeños *lodges* de madera. Nos sentamos todos en las camas de una de esas cabañas, me dijeron que eran del Líbano. Hablamos durante mucho tiempo, pero no recuerdo de qué. Uno tras otro, se fueron retirando. Solo quedaba uno, seguimos hablando. Era un chico agradable, pero ¡no es por eso que quería quedarme a solas con él durante la noche! Me preocupé sin razón, se comportó como un caballero. Me dejó su llave y su *lodge* y se fue a dormir con uno de sus amigos. Antes de salir, me dijo que al día siguiente dejara la llave en la recepción. Nunca lo volví a ver».

No fue hasta mucho después que Abuela recibió la carta. Entre otras cosas, le decía: «Gracias por tus palabras». Abuela estaba tan sorprendida y conmovida. «No recuerdo lo que dije esa noche, pero nunca imaginé que mis palabras le sentarían bien. ¡A alguien que vivía en un país en guerra!». La guerra del Líbano duró 15 años, mató a 150.000 civiles. De esa guerra, Abuela solo recibió una carta arrugada dándole las gracias con un collar de sándalo que olía bien. La guerra terminó unos años después. Abu no cree del todo en la religión, pero cree en los milagros y la poesía.

Capítulo 4

Yo tampoco he vivido ninguna guerra. Lo que sí he vivido es un montón de derrotas, y muy escasas victorias. A pesar de todas esas adversidades, no me doy por vencida. O por poco tiempo. No puedo evitarlo, aunque lo intente, no puedo perder totalmente la esperanza, aunque esté con la soga al cuello.

Algunos esperan que les digan que no les quedan más de seis meses de vida para empezar a hacer lo que siempre habían soñado. Yo decidí vivir mis sueños incluso antes de nacer. Tenía tanta prisa por vivirlos, que hice todo lo posible para acelerar el parto. Nací con un mes de antelación. No tenía tiempo que perder.

A los cinco años quería viajar por el mundo con una mochila. La curiosidad por conocer otros mundos es algo que mi familia lleva en la sangre. Pero no sabía que eso estaba prohibido a esa edad, entonces tuve que esperar. Pero empecé a preparar todo en secreto. Quería seguir los pasos de Abuela. Atravesar desiertos, ir a la India, a China, a Nepal. Me leí todo Marco Polo, Alexandra David-Néel, Ella Maillart y a muchos autores menos conocidos que han viajado con sus mochilas, a pie o en bicicleta.

Un día le pregunté a la Abuela: «Abu, ¿cuál es el país más bonito entre todos los que has visitado?». Sin pensárselo dos veces, me contestó:

«Nepal». Por eso, cuando tuve la edad necesaria, me fui a Nepal. No pude ir por tierra y atravesar desiertos, como me hubiera gustado, por los muchos conflictos que habían estallado en el camino, así que cogí el avión. Bueno, no hasta el final. Llegué a Nueva Delhi y de allí viajé a Nepal en tren y autobús. En esa época, buscaba algo en los lugares sagrados, pero no hubiera sabido decir lo que era. Tenía razón Abu, Nepal es realmente hermoso. Pero no tan hermoso como cuando ella estuvo allí.

Abuela me contó que en el valle de Katmandú iba a todas partes en bicicleta. Podía aislarse en Nepal, alejándose de todo. ¡Nunca se imaginó que un día habría atascos en la cima del Everest!

No entiendo por qué los humanos no se pueden aguantar de destruir todo lo que es hermoso. Abuela dice que los hippies, por lo menos, tenían buen gusto. Sabían cómo detectar lugares hermosos, como Katmandú o Kabul. Desgraciadamente, también eran los sitios más pobres, porque los hippies tenían buen gusto, pero no querían gastar ni un duro, salvo en drogas. «Donde hubo hippies, puedes estar seguro de que después ha habido conflictos, guerras». Abuela tiene su teoría:

«¡Cuando las grandes potencias quieren sembrar mierda y cizaña, es más fácil reclutar a los pobres para hacer el trabajo sucio!».

Yo creo más bien que el camino de las drogas no puede conducir a nada bueno.

Abuela y yo nos sentamos en el balcón, frente a la bahía. Lo maravilloso del mar es que se puede mirar mil veces, nunca es igual. Siempre hay algo que ha cambiado: los tonos de azul, verde, rosa o gris; la luz entre las nubes; los dibujos que trazan las olas sobre la arena. A Abu y a mí nos gusta ir al balcón por la mañana o al anochecer. A cualquier otra hora hace demasiado calor o hay demasiados mosquitos.

—Abu, ¿crees que viajamos por el mundo en busca de sensaciones, o simplemente para huir del mundo?

—Depende, puede haber muchas razones, como la curiosidad, el aprecio por las cosas bellas, la sed de encuentros interesantes. A mi edad me hago un lío con los días, las horas y los años, pero antes, viajar también podía ser una fantástica máquina del tiempo.

—Abu, tú sabes cuánto me gusta viajar, pero la verdad es que también me encanta volver aquí. Es como volver a la simplicidad de la infancia. No hay mucho que ver, excepto el mar, pero aquí siento como si me librara de todo el peso innecesario. Finalmente, creo que hay algo muy dulce en quedarse en casa.

Abuela se rio.

—¡Yo también, a veces no se qué escoger, la tranquilidad del desierto o un pedazo de queso de cabra! He dado muchas vueltas por el mundo, a veces era como un llamado interior, una fuerza incontenible. A veces era simplemente para no tener que leer los periódicos.

Abuela se ha callado. Bajó la mirada. Yo prefiero respetar su pudor, y echo un vistazo hacia la bahía que, en estos momentos, aún no ha tomado su tono turquesa del mediodía. El silencio se interrumpe por la melodiosa canción del turpial. Es un ave que viene de Venezuela, los pueblos indígenas usaban sus plumas amarillas para confeccionar sus adornos. Tenemos una pareja de turpiales que anidan en un árbol frente a nuestra casa. No es fácil observarlos, porque son muy desconfiados, se alejan en cuanto sienten que los has visto.

Abuela sigue, sin levantar la mirada.

—Hay quienes viven la historia y quienes le huyen. Cuando he podido, he tratado huir de ella. A veces me cuesta mucho soportar la historia de los seres humanos.

Capítulo 5

No sé si estaba huyendo de algo, pero el bisabuelo de la abuela llegó a Puerto Rico en 1885, de las Islas Baleares. Su hermano lo animó, él había hecho el viaje tres años antes y trabajaba en una hacienda de café en la cordillera central. En esa época debió ser toda una aventura cruzar el Atlántico y las montañas. José, así se llamaba el bisabuelo, amaba demasiado el mar como para alejarse de él, por lo que se quedó en la ciudad de la costa norte donde desembarcó. Conoció a su futura esposa y se casó con ella en 1898, en medio de la guerra hispanoamericana. ¡Qué hermosa declaración! Ese año, España tuvo que ceder Puerto Rico y Cuba a los americanos. Cuba terminó siendo independiente, pero Puerto Rico quedó en manos de los Estados Unidos. José era comerciante, pero tuvo que hacer de todo para sobrevivir, incluso participó en la construcción del ferrocarril. Pero al final, las cosas no le fueron mal.

Abuela todavía recuerda los trenes que pasaban cerca de su casa con los pasajeros y la caña de azúcar. Era muy chiquita, pero solía correr con sus hermanos detrás del tren para intentar subirse al último vagón o recoger los pedazos de caña que caían. Masticaban la caña para sacarle el jugo, en aquellos tiempos era como chupar caramelos.

El ferrocarril daba la vuelta a la isla, pero los americanos lo desmantelaron en los años 1950 para desarrollar su industria del automóvil. Ahora en Puerto Rico ya no hay más que carreteras, todo el mundo tiene que coger el carro, aunque no quiera, porque casi no hay transporte público. Pero todavía quedan algunos túneles de la antigua red ferroviaria escondidos detrás de la vegetación. Hay un túnel no muy lejos de aquí, todavía se puede leer la fecha: 1908. El ferrocarril pasaba justo en frente de nuestra casa, llegaba hasta la playa.

Mateo, el hermano de José, prefirió la frescura de la cordillera a la costa atlántica. También se casó, pero tuvo menos suerte. Tenía la nostalgia de su tierra, así que dejó a su esposa y a su hijo pequeño en casa y se fue para Mallorca a visitar a sus padres. Desgraciadamente, nunca llegó a destino, ni pudo regresar a Puerto Rico. Lo mataron en alta mar. El certificado de defunción decía: «Golpeado por un objeto contundente». Nunca se sabrá lo que realmente sucedió ese día en el barco. Cuando su esposa recibió la noticia de su muerte, desesperada, cogió a su hijo en brazos y prendió fuego a la casa, con ellos dos adentro. Afortunadamente, los vecinos los salvaron a tiempo.

Abuela dice que si a los puertorriqueños les gustan tanto las novelas de la televisión es porque cuentan su historia.

Capítulo 6

Abu prefiere mirar la bahía y escuchar a los pájaros que ver la televisión, aunque la mire de vez en cuando. Su vecino siempre está peleado con los pájaros, no soporta cuando ensucian su balcón. Ha puesto hilo de pescar sobre la barandilla para que no se posen. No para de decirle a Abuela que un día va a venir a ponerle hilo de pescar también en su balcón. Pero Abuela le contesta que no quiere que le pongan ningún hilo, que los pájaros forman parte del paisaje. A ella nunca le ha molestado tener que pasar el mapo en el balcón. Lo que le molestaría sería no escuchar más el canto de los pájaros.

A Abuela le gusta la naturaleza. Ella no se queja, aunque los pájaros se coman sus fresas, dice que hay que compartir. Abu dice que, si un pájaro se posa en tu balcón, es algo bueno, como una bendición. Los animales no suelen confiar en la gente, así que cuando viene uno a tu casa, significa que no te tiene miedo, te considera como un amigo. Lo que no puede soportar Abu no son los pájaros que manchan su balcón, sino la gente que destruye la naturaleza y a los animales. Desgraciadamente es una lucha muy desigual, porque los que destruyen están dispuestos a cualquier cosa, incluso a matar, para tener el derecho de destruir.

«Matar es fácil», dice Abu, «y no solo matar a los defensores del medioambiente. Por eso la violencia y el odio se extienden por todas partes. Matan hasta a los alcaldes que quieren acoger a personas de otros países, a los que llamamos "migrantes" para no darles nombres, porque así es más fácil odiarlos. Nadie resulta acusado, menos los que intentan ayudar a esos pobres viajeros desesperados. Entonces matan a otro alcalde. Pasa lo mismo con el extremismo religioso: matan a líderes religiosos tolerantes y los reemplazan por otros que predican el odio».

Eso le enferma a Abu. Ella dice que los que tienen corazón no matan, por eso se encuentran en desventaja. Y si matan, pues es que ya no tienen corazón. Por eso a la Abuela no le gustan mucho las revoluciones. «Las revoluciones matan a demasiada gente. Empiezan con buenas intenciones», dice, «pero eso generalmente no dura, no más de una generación. Después, todo vuelve a ser como antes, pero al revés. Cuando los pobres se hacen ricos y tienen el poder, se vuelven iguales que los ricos». Quizás tenga razón Abuela. En Francia, en los Estados Unidos, en Rusia, en China, ha habido revoluciones, pero hoy en día, siguen las mismas injusticias.

Abu estuvo en Cuba, dice que allí también ocurre. «Fidel y sus compañeros eran verdaderos revolucionarios, vivieron sin lujos, con privaciones. Pero sus hijos viven en villas con piscinas y beben vinos europeos. Los que hicieron la revolución les dicen que no se debe ser ostentoso, pero a ellos no les importa lo que digan sus padres o la revolución».

Abuela dice que cuando era niña, en su casa no había agua corriente ni electricidad. Dice que eso no le impidió tener una infancia feliz. «Mis padres tenían una vaca, un huerto, no teníamos mucho, pero nunca nos faltó nada. Nos duchábamos bajo la lluvia. Hoy la gente tiene casas más grandes, carros, baños, celulares. Pero su vida cultural o espiritual es un desierto, en eso no han progresado nada». Abuela no cambiaría su bahía por nada en el mundo. La gente de la capital piensa que aquí están atrasados porque no hay nada, salvo el mar. Vienen a pasar el fin de semana en la playa, pero luego están contentos de regresar a la ciudad. «Dicen: "Volvemos a la civilización". ¡Te das cuenta, hablan como si siguieran en la época de Cristóbal Colón!».

Abu vive en el suroeste de la isla porque le gusta la tranquilidad, pero en la ciudad del norte donde llegó su bisabuelo han puesto una estatua enorme, la llaman la estatua de Colón. Es feísima, tan fea, que al principio nadie la quería. Es obra de un escultor ruso o georgiano que intentó dársela a Estados Unidos para el 500 aniversario de la llegada de Colón a las Américas. Pero los Estados Unidos no la quisieron. La rechazaron varias ciudades, incluso Nueva York. Por eso nunca entendimos por qué Puerto Rico la aceptó. El gobernador pagó más de dos millones de dólares para traerla desmontada a la isla.

Cuando llegó la estatua, no supieron dónde ponerla. Parece que varios alcaldes se estuvieron pasando la papa caliente. Pasaron quince años, hasta que finalmente la ciudad del norte decidió adoptarla. El alcalde pensó que sería bueno para el turismo. Hubo muchas protestas, entre otras, de movimientos indigenistas, pero a pesar de eso consiguieron montar la estatua. Es enorme, se ve desde muy lejos. No sé si es bueno para el turismo, pero Abuela tiene otra historia.

Antes de llegar a la estatua, hay una carretera que conduce al antiguo faro. La gente de allí le contó que hace un tiempo, cada vez que se encendía el faro, significaba que esa noche iba a llegar a la costa un cargamento muy especial. Ellos decían que «venía el lobo». En realidad, «el lobo» era un bote cargado con drogas. Las autoridades estaban involucradas: el alcalde, la policía, la guardia costera. Abuela no sabe si es casualidad o no, pero desde que está la estatua de Colón, el viejo faro ya no se enciende y el tráfico de drogas se ha desplazado hacia la estatua.

Capítulo 7

Hace una semana que estoy en casa por culpa del accidente. Eso nunca me había pasado. Antes, siempre encontraba una razón o una forma de escapar. Esta vez, no sé por qué, ni lo intenté. Abuela dice que debe ser la edad, que estoy madurando. A veces no hay más remedio que aceptar las lecciones que la vida nos presenta.

No sé qué es más difícil, si la sensación de aislamiento o el no poder imaginar el futuro, porque un accidente lo cambia todo. Aunque aprovecho la oportunidad para leer todo lo que tenga a mano –a veces también para escribir– y para ver un montón de películas, sigo cuestionándome. ¿Será egoísta pasar el tiempo leyendo, escribiendo y mirando películas?

En estos momentos no puedo hacer deporte, pero el deporte era mi antídoto contra la depre. Entonces a veces me deprimo. Cuando me deprimo, lloro, después me siento mejor. También escribo, o canto. Me gusta cantar. Tengo otro truco, es hacer ejercicio en miniatura. Como apenas puedo mover la pierna, hago ejercicio con los dedos de los pies. Lo hago sobre una sola pierna, la que está bien, pero no estoy segura de que eso sea suficiente para recobrar el equilibrio.

Me encantaba nadar, pero ahora mismo no puedo. A veces me gustaría, sobre todo cuando hace mucho calor. No me gusta el aire acondicionado, siento como si ese frío artificial me estuviera perforando los huesos. Además, hace un ruido infernal y parece que no es bueno para el medioambiente. Prefiero los abanicos de toda la vida. Cuando hace demasiado calor, me pongo un paño húmedo en la nuca, a veces con cubitos de hielo. El hielo también funciona para el dolor de cabeza. Me lo pongo en la nuca, en la frente, en la sien. Funciona casi tan bien como el paracetamol.

Abuela conoce muchas plantas que sirven como remedio para un montón de cosas: picaduras de mosquitos, fiebre, tos, úlcera estomacal. En su balcón cultiva plantas medicinales. ¡Incluso tiene una contra las piedras en el riñón! Aquí los viejos conocen las virtudes de las plantas. Los jóvenes se han olvidado.

A veces pienso en la muerte. No le temo a mi propia muerte, solo a la de los que amo. No me gustaría que sufrieran, o que no tengan tiempo de hacer todo lo que hubieran querido. Sé que no es el final.

Lo importante es lo que hacemos con la vida que tenemos. Por eso trato de darle sentido. Para mí, una vida con sentido es una vida en la que buscamos crear armonía dentro de nosotros mismos y con los demás, con la tierra, las plantas y los animales. Cuando no sé cómo, le pregunto a Dios. Él es quién le da sentido a mi vida, aún cuando no lo veo tan claro.

A veces me paso. En esos momentos, Abuela se burla de mí, me llama «Señorita Pluscuamperfecta». Es verdad que me paso. Me pregunto si el perfeccionismo no es más que una forma de expiar nuestra culpa de existir. Soy particularmente exigente conmigo misma. Por ejemplo, no me gusta cuando el mar está contaminado o cuando se hace daño a los animales, por eso recojo la basura en la playa y ayudo a un grupo de protección de tortugas. ¡Pero no se me ocurriría tirar piedras a la ventana de una carnicería de barrio!

No comer carne por no hacer daño es una postura del alma elevada, viene del *ahimsa*, el principio de no violencia que tanto valoraba el Mahatma Gandhi. Desear poner fin al maltrato animal es una buena cosa. Pero usar la violencia contra quienes producen o comen carne no tiene sentido. Además, el ser humano es biológicamente omnívoro, es decir que fue diseñado para comer de todo, incluida la carne. Por eso dejar de comer carne debe seguir siendo una elección personal. ¡Enfadarse con otra persona por comer carne es tan absurdo como tratar de obligar a un león a alimentarse nada más que de sopa de vegetales!

Cuando era niña, quería vivir como Robinson Crusoe, de la pesca y de agua de coco. Mi tío me llevó a pescar en su bote, y en seguida atrapé un pez. Pero fue muy diferente de lo que pensaba, me sentí muy incómoda cuando empecé a sentir vibrar esa vida que luchaba en el cordel. No pude. Le pedí a mi tío que soltara el pez, y allí se acabó mi vida de Robinson Crusoe. Hoy, cuando como pescado, a veces trato de hacer como un amigo mío, le pido perdón al pez y le doy las gracias.

La vida y la muerte son un sinfín de interrogantes. Hay muchos que, cuando tienen preguntas o cuando las cosas les van mal, miran los horóscopos. Me temo que no sea una buena idea. Un profesor de árabe nos contó que cuando trabajaba en una revista, estaba encargado de los horóscopos. Cuando no tenía ideas, copiaba los horóscopos publicados en revistas viejas. Nadie se dio cuenta. Abuela nunca lee los horóscopos. No porque ya no crea en el futuro, al contrario, sino porque los horóscopos no saben hablar más que de tres cosas: amor, dinero, trabajo. El amor humano, romántico, el de los libros y las películas, ese lo conoce, y le parece muy sobrevalorado. El dinero y el trabajo siempre se le han escapado de las manos. Eso también debe ser cosa de familia, por eso no le importa lo que dicen los horóscopos. Abuela prefiere leer libros que hablen de la belleza de los pensamientos, la belleza de los actos y la belleza de las palabras. Del amor que viene de más arriba.

Capítulo 8

Me gusta cuando hay gente que ayuda a los otros a vivir sus sueños. Como ese joven de veinte años en YouTube. Había una anciana de ochenta y siete años que soñaba con volver a ver el mar y a su amiga de la infancia. Entonces el chico organizó un viaje para ella y empujó su silla de ruedas hasta la orilla del mar para que pudiera meter los pies en el agua sin tener que bajarse. La señora pudo volver a ver a su amiga, fue tan bonito verlas abrazarse.

Le pregunté a Abu cuál sería su sueño. Contestó: «Sería poner a todos los líderes corruptos en un bote con una caña de pescar y un recipiente de plástico para recoger el agua de lluvia. Los dejaría en alta mar, con la prohibición de acercarse a menos de seiscientos pies de la costa, so pena de recibir un escopetazo». Estoy segura de que Abuela no dispararía de verdad, solo para asustarlos. Quizás el joven *youtuber* podría organizar eso.

De verdad que no tenemos suerte. Abuela dice que no ha habido una constelación de líderes tan horribles desde la Segunda Guerra Mundial. El hecho de que viva en una bahía tranquila en Puerto Rico no significa que no le importe lo que está sucediendo en el mundo. El mal es como una piedra arrojada al agua, forma círculos cada vez más grandes que terminan llegando incluso a las costas más lejanas.

Abuela suele sufrir en silencio, porque sufre y está pensando al mismo tiempo. Se queda mirando el mar y no dice nada. Pero generalmente, trata de ser optimista. «Todo pasa», dice. «Mira a los romanos, en aquella época, pensaban que su imperio duraría para siempre. ¿Qué queda hoy de su imperio? Mira Italia, ¡qué caos! Por supuesto, los romanos nos dejaron muchas cosas, carreteras, acueductos, leyes. Incluso senadores, aunque todavía no entiendo para qué sirve un senador. ¿Sabes tú para qué sirve un senador?».

Lo que quiere decir Abu es que las cosas malas desaparecen tarde o temprano. «Incluso en China», dice. «No se sabe cuánto durará la dictadura en China, hacen todo lo que pueden para que dure lo más posible. Pero todo pasa, solo que a veces pasa muy lentamente, a veces tarda siglos».

Aquí no hay dictadura, pero eso no significa que todo vaya bien. Hay huracanes y terremotos, aunque no los hacen a propósito. Los terremotos se deben a que la tierra es como nosotros, necesita explotar, a veces tiene demasiada presión. Los huracanes tumban los árboles que están muy viejos o enfermos para que la naturaleza se pueda renovar. También enfrían el agua del mar, porque si se deja que se caliente demasiado, mueren los corales y todos los animales marinos que nacen y viven en los arrecifes de coral, como los peces, las caracolas, los pulpos, los cangrejos, los erizos de mar, los camarones, los tiburones o las tortugas.

Desafortunadamente también hay muchas personas en los gobiernos que creen que la naturaleza se puede vender. A cambio de alguna cosilla, firman permisos que no deberían firmar. Por eso se construyen casas junto al agua que se derrumban cuando hay marejadas y huracanes y luego ya no podemos bañarnos en esas playas porque hay bloques de concreto y puntas afiladas de metal debajo del agua. O permiten construir casinos en parques naturales, ¡como si un casino y un parque natural tuvieran algo que ver! Lo peor son esos nuevos «santuarios» para animales. Hay santuarios de verdad. Pero otros, quieren hacernos creer que son parques nacionales, que son para proteger la naturaleza. Pero eso no es cierto, es para que personas como tú y yo no podamos ir, y que solo los ricos puedan ir a cazar o pescar sin que nadie los moleste. No son santuarios, ¡son mataderos!

Aquí todo el mundo lo sabe, pero ¿qué podemos hacer? En algunos países se puede votar para cambiar las cosas. Pero aquí, ya nadie quiere votar, porque nadie cree en la política. Lo único que se puede hacer cuando se quiere proteger algo que de verdad importa es salir a la calle y protestar. También intentaron quitarnos una de nuestras playas. La gente salió a protestar, ¡incluso hubo gente que acampó en la playa durante varios años! Al final, las autoridades tuvieron que renunciar a construir su casino.

Capítulo 9

Afortunadamente, en la isla hay mucha gente buena. De hecho, aparte de los políticos y los narcotraficantes (a veces son los mismos), la mayoría de la gente es dulce y amable. Puede que no esté de moda en estos momentos en que gusta tanto lo *trash*, pero a mí me gusta. Aquí, no necesito tener la piel dura, puedo ser yo misma.

Me cuesta estar encerrada en casa, porque extraño esa dulzura de la gente. Siempre fui una solitaria, o eso creía. Cuando era niña, pasaba mucho tiempo sola, me gustaba la compañía de los libros más que la de las personas, excepto la de las personas mayores, como Abu. Tenía tantas ganas de aprender a leer que Abuela me enseñó. Yo no tenía ni dos añitos. *Ma-Me-Mi-Mo-Mu...* *Ta-Te-Ti-To-Tu...* Era fácil. Desafortunadamente no pudo enseñarme todas las letras porque se tuvo que ir de viaje. Las letras que no tuvo tiempo de enseñarme las aprendí solita.

Creo que si me gustaba más la compañía de los libros era porque no encontraba buena compañía entre la gente. No lo sabía, pero desde el jardín de infantes, prevalece la ley de la jungla, la del más fuerte. Si tienes la mala idea de ser dulce y amable, te aplastan. Así que preferí alejarme de los demás para estar cerca de mis libros.

No lo recuerdo bien, pero Abu dice que yo tenía una casita de tela que recibí para mi cumpleaños. La estructura estaba hecha de palos de madera que había que montar, con esquinas de plástico. Me contó que de día me llevaba mi casita de tela, los pedazos de madera, un plato de fresas y unos cuantos libros y salía al patio a montar la casa. Pasaba la tarde sola en mi casita, leyendo libros y comiendo fresas. Ese fue el comienzo de la aventura. Por la noche, montaba la casa junto a mi cama y me dormía en ella, imaginando que estaba al otro lado del mundo. Abu dice que a esa temprana edad ya entendía lo que era el viaje en solitario.

Si tenemos cualquier problema, aquí no estamos solos, Abu y yo podemos contar con los vecinos. Ya mencioné al vecino al que no le gustan los pájaros que cagan en su balcón. Nos regala frutas y verduras de su huerto: batatas, calabaza, judías tiernas, cilantro, papaya. Como también es pescador, nos trae pescado fresco que él mismo pesca. Incluso me ofreció muchas veces ir a pescar con él. Ya le conté varias veces mi historia de Robinson Crusoe, pero sigue ofreciéndome ir a pescar.

Cuando llega la temporada, el vecino caza jueyes. Construyó una especie de jaula de madera, donde guarda los jueyes para «limpiarlos». Los jueyes no se pueden comer inmediatamente después de cazarlos, primero porque están demasiado flacos y, segundo, porque pueden estar llenos de porquería. Se comen todo lo que encuentran, ¡hasta una vaca muerta! Por eso hay que guardarlos varias semanas en una jaula y alimentarlos exclusivamente con granos de maíz, hasta que estén limpios.

A Abu le encanta el arroz con jueyes, es una especialidad criolla, pero a mí me cuesta un poco comerlo. No porque no sea rico; lo es. Pero me da pena porque los jueyes son tan bonitos con su caparazón de un magnífico color azul-violeta. Prefiero la veda. Eso es cuando los jueyes cambian de caparazón y se reproducen. En esos momentos hay que dejarlos tranquilos. Pero compartir arroz con jueyes con los vecinos es parte de la solidaridad en la isla. Aquí la gente todavía tiene el sentido de la solidaridad. Lo vimos después del último huracán. Como no había electricidad, los que tenían estufas de gas cocinaban para los otros. Y aquellos que tenían generadores y les funcionaba la nevera, hacían hielo e iban a llevárselo a sus familiares, vecinos y amigos que no tenían electricidad para que pudieran guardar sus alimentos en una neverita.

También se ofrecieron muchas personas como voluntarios para llevar agua, comida, estufas de gas, luces solares y muchos otros artículos de primera necesidad alrededor de la isla. Incluso para llevar consuelo. El consuelo es tan importante como la comida y el agua en tiempos de crisis. Hubo quienes escalaron colinas y cruzaron ríos inundados, arriesgando su vida para ayudar al prójimo.

Yo no hubiera sido capaz de hacer eso, pero hice como los demás, me ofrecí como voluntaria. Un día fuimos a llevar suministros a una familia que había perdido su casa a causa del huracán y que estaba acampando junto a la laguna. Estaba el abuelo con su hija, su yerno y sus nietos. Vivían en condiciones muy duras, con pedazos de toldo como techo, cajas por todas partes, mucho desorden porque habían tenido que montar el campamento a toda velocidad con lo que consiguieron salvar del huracán. Hacía varias semanas que acampaban allí, pero no habían podido ordenar las cosas porque primero tenían que sobrevivir.

Estuvimos hablando mucho tiempo, nos contaron sobre su vida antes de perder la casa, tampoco era fácil. Nos quedamos hasta la noche, afortunadamente no había demasiados mosquitos, porque el verano, la temporada con más mosquitos, ya había pasado. Justo antes de que cayera la noche, el abuelo se alejó y se metió en la laguna. Lo vi nadar tranquilamente, luego se sentó en la arena, seguía alejado de los demás. Yo no entendía por qué estaba solo, su familia no parecía preocuparse por él. Él miraba hacia la laguna. No me gusta cuando se deja solos a los ancianos, así que fui hacía él. En voz bajita me susurró: «¡Siéntate y mira!».

Al principio no vi nada. Pero de pronto me di cuenta de una especie de hocico que sobresalía del agua, justo en frente de nosotros. Un hocico de color marrón agrisado. Después vino una cabeza y a continuación un cuerpo. Era un manatí. El manatí es un mamífero marino extraño, una especie de cruce entre una vaca marina, foca y perro *shar-pei*. Es un sirenio, sostiene a su bebé en brazos como una mujer, por eso los viejos marineros cuando vieron manatíes pensaron que eran sirenas. Apareció un manatí, luego otro, y un tercero. Salían a la superficie, pero desaparecían inmediatamente, para reaparecer un poco más lejos. La visión de los manatíes en la laguna al atardecer era algo maravilloso.

El abuelo no estaba solo como yo creía. Simplemente le gustaba salir a nadar a la laguna antes del anochecer y luego se sentaba junto al agua para observar a los manatíes que venían a comer las hierbas marinas. El abuelo debe de ser un poeta, porque los poetas, aunque lo hayan perdido todo, siguen teniendo el cielo, el mar y la poesía.

Capítulo 10

Hay quien cree que las personas del sur son perezosas, pero eso no es cierto. Aquí mucha gente se levanta antes de que salga el sol, hacen deporte y después se van a trabajar, a menudo en condiciones terribles, pero no tienen más remedio, por eso no se quejan y dan lo mejor de sí. Es increíble las cosas hermosas que son capaces de hacer en lugares a menudo insalubres. Puede que no siempre puedan hacer tantas cosas como, por ejemplo, en Francia o Suiza, pero eso es por el calor. El verano aquí es mucho más largo. A partir de mayo o junio, hasta principios de octubre, el calor es sofocante; en la costa caribeña es aún peor. A las ocho o nueve de la mañana, ya hace demasiado calor para estar afuera, e incluso en la casa, hace calor. Es difícil concentrarse, difícil moverse. Es como si el cuerpo entrara en hibernación, pero al revés. No es el frío, es el calor lo que adormece las extremidades y te impide hacer todo lo que quisieras.

Cuando me vine a vivir con Abuela, no sabía eso. Durante mi primer mes de mayo en la isla, creí que padecía una enfermedad terrible, porque no podía moverme, me había quedado paralizada. No me podía levantar del sofá. Me quedaba sentada todo el día sin poder hacer nada. Pero alrededor de las seis de la tarde, sin entender por qué, de pronto mi cuerpo saltaba y volvía a caminar y a moverse normalmente. Pasé una semana así, sin entender lo que me estaba ocurriendo. A Abuela no le pasaba nada. Entonces fuimos a visitar a una amiga de Abuela. En su casa hacía fresco, tenía ventiladores de techo prendidos en toda la casa. Me sentí mucho mejor. Cuando llegamos a casa de Abuela, prendí los ventiladores. Ya no volví a estar paralizada. Era el calor, no sabía que podía tener ese efecto. A Abuela no le pasa nada, es una criolla de verdad. Creció sin electricidad y sin ventiladores, y el calor no le afecta. Los jóvenes ya no están adaptados a su clima, no pueden vivir sin el aire acondicionado a toda marcha, como si estuvieran en un congelador.

Lo extraño es que cuando era pequeña pasé varios veranos con Abuela, pero el calor no me paralizaba. En esos tiempos, ella tenía una casa con un jardín lleno de plátanos y un gallinero. Yo podía caminar, jugar y correr detrás de las gallinas y los polluelos sin problema, incluso durante los meses de julio y agosto. Creo que es por el cambio climático, ahora hace demasiado calor.

Aquí el cambio climático se nota en muchas cosas. Hay playas que antes tenían mucha arena, había que caminar mucho antes de poder mojar los pies en el mar. Ahora esas playas son muy estrechas, y después de la tormenta, en algunos lugares donde antes se podía caminar, ahora ya no se puede, porque ya no hay más arena, el agua lo ha cubierto todo. Los que piensan que no es cierto eso de que el nivel del mar esté aumentando es porque nunca han venido a Puerto Rico, o porque no se han acercado a la costa. Todo el mundo sabe que no es una buena idea construir castillos en la arena. Sin embargo, en la isla, se construyen casas, edificios e incluso hoteles en la arena. Lo más cerca posible del agua, porque quieren complacer a las personas que no quieren caminar, y que eso de «al pie del mar», se lo toman literalmente. En nuestra zona, las cosas no son tan graves porque está bastante protegida, pero en algunas áreas, es un gran problema. Con los huracanes y la subida del mar, hay casas y edificios enteros que se están derrumbando en las playas. Abuela dice que a los que los construyeron no les importa, porque ahora tienen mucho dinero en el banco, en las islas Caimán u otras islas de la región. Pero a los que compraron esas casas no les queda más que los ojos para llorar.

Los últimos huracanes han pasado factura en el Caribe. Tuvimos varios seguidos de categoría 4 y 5, la más fuerte en la escala de Saffir-Simpson. Con el cambio climático y los veranos demasiado calurosos, los huracanes se están volviendo cada vez más violentos. Los expertos dicen que quizás habrá que aumentar la escala y que en el futuro podríamos tener huracanes de categoría 6 o más. ¡No quiero ni imaginarlo! Cuando has experimentado un huracán de categoría 5, te preguntas quién podría sobrevivir a un huracán de categoría 6 o más.

Ahora los océanos se están calentando tanto que los huracanes, en lugar de hacer el viaje habitual de África al Caribe, a veces dan la vuelta y suben hasta Europa. ¡Eso no se había visto nunca! Aquí tenemos experiencia con huracanes, y la gente sabe lo que hay que hacer. Por ejemplo, Abu sabe cómo calafatear las ventanas Miami con bolsas de basura y latas. También hay que proteger las puertas y ventanas de cristal con tablas de madera, placas de zinc o tormenteras. Pero ¿qué van a hacer en Europa si empiezan a llegar los huracanes? ¡Si no están preparados!

Aquí, la mayoría de las casas están hechas de cemento, porque las de madera, excepto las que son muy antiguas y están construidas en madera buena, no resisten a los huracanes. Por eso la gente, por lo menos la que tiene los recursos, construye sus casas de cemento. Los más pobres no pueden, y tienen que resignarse a perder su casa con todas sus pertenencias. Antes era peor, porque hasta la década de 1950 vivían en casas de paja. ¡No quiero imaginar cómo sería vivir en una casa de paja durante un huracán! Abuela está convencida de que la historia de *Los tres cerditos* no es una historia inglesa o de Walt Disney; es una historia puertorriqueña y el lobo que sopla es un huracán.

En cualquier caso, si no detenemos el cambio climático, pronto nadie, pobre o rico, en las Antillas, los Estados Unidos o Europa podrá resistir a los huracanes-lobo.

Capítulo 11

Lo más difícil durante el último huracán fue quedarse sin electricidad y sin agua corriente. El apagón mató a varios miles de personas en Puerto Rico, especialmente a las que dependían de máquinas, como los asmáticos o los que necesitaban diálisis. Fue un caos terrible, ni los hospitales tenían electricidad. Para el agua, la gente tenía que hacer lo que se hacía cuando Abuela era pequeña: lavarse en el río. Las familias iban al río con su carro, vimos a un padre sujetando una toalla para esconder a la mamá mientras los niños esperaban su turno para lavarse sentados dentro del maletero.

Los que sabían cómo hacerlo construyeron tuberías de bambú para transportar el agua para beber desde lo alto de la montaña, como se hacía en los viejos tiempos. La dificultad era que el agua no se podía hervir, ya que las cocinas no funcionaban. Por eso había que filtrarla o echarle lejía para no enfermarse.

También sufrimos porque no teníamos suficiente para comer. Normalmente, antes de un huracán se hacen provisiones para varios días, hasta que pase el huracán y las cosas vuelvan a la normalidad. Pero la última vez, tomó meses, y para algunos, más de un año, para que las cosas volvieran a ser más o menos normales. A mí también me causó problemas por mis alergias. Pero no tenía otra opción, debía comer lo que hubiera, aunque me hiciera daño. No soy fanática del pollo, pero era lo único que había para recuperar fuerzas, así que me lo tenía que comer. A veces soñaba con mantecado de café. Por supuesto, era solo un sueño, porque no había, y aunque hubiera, sin nevera ni congelador, no lo hubiera podido conservar. Cuando las ganas se hacían demasiado fuertes, me imaginaba que me lo estaba tomando, trataba de recordar su textura suave y su sabor. Me imaginaba que se derretía en mi boca y me enfriaba por dentro. A veces funcionaba, pero no siempre.

Me pregunto por qué la gente sigue viviendo donde a menudo hay desastres, como huracanes o terremotos. Abuela me explica que es porque la gente está apegada a su tierra, al lugar donde nació, donde nacieron sus padres. Está apegada a sus amigos, a su cultura, a su forma de vida. Por eso las personas se quedan en el mismo lugar, incluso después de un desastre. Prefieren comprar muebles nuevos cada vez, pero quedarse donde están. Porque la familia, los amigos o el espíritu de los antepasados, eso no se puede comprar.

A los que vinieron de otro lugar les cuesta menos abandonar sus casas que a los que tienen raíces aquí. Les entra miedo y se van cuanto antes, porque no tienen los recuerdos de familia de los desastres anteriores, los recuerdos que permiten confiar en que este nuevo desastre no será más que un mal rato, que después la vida continúa, a veces de otra forma, pero que lo importante son las raíces, porque es a partir de ellas que puede crecer un nuevo árbol.

Para algunos eso de las raíces puede ser un poco complicado, porque no nacieron en el mismo lugar que sus padres. A veces sus padres provienen de lugares diferentes. O se nace en un país distinto durante varias generaciones. Por ejemplo, Abuela tuvo un bisabuelo que llegó de las Islas Baleares, una abuela que vino de Persia, un padre suizo y un esposo de Nepal. Muchas veces es complicado. Abu cree que probablemente es por eso que no le gusta la guerra, porque en realidad no tiene un país por el que luchar, ni ningún país contra el que tenga ganas de pelear, porque podría ser que alguien de su familia proviniera de ese país.

Abuela me legó muchos orígenes, pero creo que a ella le gusta sentirse criolla. «Criolla», dice, «significa que aquí me siento en casa». De hecho, hay muchos otros lugares donde se siente en casa, porque allí tiene familiares o amigos, o solamente porque le gusta el clima, el idioma, el arte, la música o el color de las rocas. Bueno, digamos que se siente cómoda, porque sentirse realmente en casa en un lugar que no es de uno resulta complicado.

Algunos de los sitios donde el color de las rocas es increíble son Nuevo México y Arizona. Una vez, Abuela quiso hacer un *road trip*, como en los libros y las películas. Se llevó a su novio de entonces. Él no tenía ganas de ir, pero ella insistió. Como había que conducir muchos kilómetros, su novio y ella se turnaban. Pero era injusto. Cuando maneja él, no paraba de hablarle, y como carecía del sentido de la orientación, Abu tenía que mantener los ojos en el mapa para indicarle el camino. Además, tenía miedo de que él se durmiera al volante, ya le había sucedido una vez, y Abu tuvo que agarrar el volante porque si no se hubieran ido por la cuneta. Por eso, cuando él conducía, ella no podía descansar, aunque estuviera muy cansada. Pero cuando ella conducía, él se quedaba dormido en medio segundo.

Al principio, si pasaban por un hermoso paisaje, ella lo despertaba y gritaba: «¡Mira! ¡Mira qué hermoso!». Pero cuando se dio cuenta de que a él solo le interesaba dormir, dejó de despertarle. Pensaba: «¡Él se lo pierde!». Mientras manejaba le parecía estar viendo una película. Había rocas de todos los colores, con estratos bien diferenciados, en varios tonos de amarillo, rojo, ocre, marrón, blanco, que le daban ganas de hacerse geóloga, aunque en la escuela nunca le había gustado la geología. La carretera recta e interminable se abría entre las rocas hacia un cielo que iba cambiando de color según iba pasando el día, de amarillento a azul intenso, a púrpura. Cruzaban montañas con formas increíbles, arcos, rocas que parecía como si les hubieran cortado la cabeza con un hacha. Escuchaba música en la radio y parecía volver a la infancia, a una película de *cowboys* (siempre le habían gustado los indios).

«Quizás la vida sea eso», decía Abu, «un día parece que estás en una película maravillosa, otro día es como si vivieras una película de terror. En ambos casos, no es una película».

Capítulo 12

Abu ha viajado a muchos países y vivido en unos cuantos, pero siempre regresa aquí. Dice que una bahía tranquila vale todos los países del mundo. Y eso que ha visto cosas hermosas. Acampó en el desierto de Thar, en Rajastán, donde las mujeres visten los colores más bellos del mundo, azafranes, turquesas, fucsias, naranjas vibrantes que no ha vuelto a ver en ningún otro lugar. Subió tres mil quinientos escalones para admirar templos de mármol tallado en Gujarat y durmió en plantaciones de té en Darjeeling, donde en invierno la niebla juega con el verde de las colinas y durante el monzón el aire está tan húmedo que no podía secarse la ropa, ni siquiera tendiéndola sobre el fuego. Abuela montó en bicicleta en Vietnam y se deslizó por el Mekong en Laos. Recogió vainilla en Zanzíbar, jugó a ser Karen Blixen en Kenia y maldijo las bolsas de plástico que sofocan los árboles en Somalia. Llegó en tren a Marrakech y la invitaron a una reunión de caciques indígenas en un cayo frente a las costas de Panamá. Cuando era adolescente, recogió castañas en el jardín de un internado de niñas en Inglaterra, y más tarde fue becaria en Haití. Al principio viajaba por curiosidad, placer y para aprender, luego lo hizo principalmente por razones profesionales.

Abu fue fotógrafa y periodista. No había muchas mujeres en la isla que hicieran eso. Pero es lo que ella quería. No quería quedarse en la isla, quería viajar por el mundo. Ahora ya casi no viaja. Dice que ya no lo necesita, que le basta con su bahía. «Aquí», dice, «tengo pelícanos, tortugas marinas, delfines, manatíes. ¿Qué más puedo querer? De todos modos, a mi edad, los mejores viajes son los que se hacen para estar cerca de los que amamos».

La primera vez que Abuela vio un manatí tenía cincuenta años. Cuántas veces había mirado la bahía sin ver ninguno. Pensaba que había que quitar el letrero en la playa que decía «Cuidado con los manatíes», ya no servía. Pero cuando ya no se lo esperaba, vio un manatí, fue como una aparición. Desde entonces, los ve a menudo. Piensa que puede ser porque antes, a pesar de su experiencia como fotógrafa, todavía no había aprendido a mirar bien. O no lo suficiente.

Según Abuela, no hay que ir muy lejos para ser feliz o incluso para sorprenderse. Aunque, a veces, viajar nos enseña a ver y a apreciar mejor lo que tenemos cerca. Yo no estoy segura de que «lejos» y «cerca» todavía tengan sentido. Primero, porque dondequiera que estemos, estamos más o menos siempre a la misma distancia del centro de la Tierra, o sea que eso de "lejos" o "cerca" es muy relativo. Segundo, porque ya no quedan lugares inexplorados, donde quiera que vayas, habrá alguien que ha estado antes que tú. Además, para unos puede que un manatí o un armadillo sean exóticos, pero para otros lo exótico puede ser una margarita. Al final ambos, ya sea manatí o margarita, son maravillas de la naturaleza, un milagro de belleza.

—Abu, ¿qué es lo que más te gustó de tus viajes?

La abuela hizo como si no me hubiera escuchado. Se levantó y se fue a su habitación. Al poco rato regresó con una cajita blanca en las manos, una de esas cajitas con letras doradas, como las que se reciben en un bautismo o un cumpleaños con una medallita o pendientes. Abrió la caja. Sobre un algodón rosa, había algo que yo no podía ver bien. Lo sacó muy suavemente entre el pulgar y el índice y me dijo: «Extiende las manos y cierra los ojos». Cerré los ojos, junté las manos hacia ella y sentí como si me rozara la mano con la punta de los dedos, casi nada. Abuela me dijo que podía abrir los ojos.

Me sorprendió ver una especie de bolita marrón rojizo en mi palma izquierda, un poco aplanada, del tamaño de una lenteja. Era una semilla, pero no sé de qué. Tenía como un sombrerito hecho de madera casi transparente más pequeño que un granito de arroz. No pesaba nada, por eso casi no la había sentido. Mirándola bien, me di cuenta de que el sombrero tenía la forma de un animal. Era un pequeño elefante hecho de madera clara tallada. Le dije a la abuela: «¡Qué hermoso! ¿Dónde lo conseguiste?». Me contestó: «Ábrelo». ¿Abrirlo? No veía cómo. «Levanta el elefante muy suavemente con la uña».

Traté de deslizar la uña entre la semilla y el elefante en miniatura y tiré hacia arriba. Creí que lo iba a romper todo. Pero el elefante salió. En el interior, la semilla estaba hueca. Abuela me dijo: «Vacía la semilla en tu palma». La sacudí un poco y salió algo, como una astilla. Tenía cuatro patas y una trompa. Era otro elefante, incluso más pequeño que el primero. Abuela me dijo que siguiera. Sacudí la semilla otra vez y apareció otro elefante. Cada vez que sacudía la semilla, salía un nuevo elefante, más pequeño que el anterior. ¡En total, salieron treinta elefantes de la semilla!

«Lo hizo un artesano de la India», dijo Abuela. «Era muy pobre, no encontró nada más que esa semilla y algo de madera. Pero tenía mucho talento. Eso es la magia del viaje. Eso y los silencios del mundo».

Capítulo 14[1]

El silencio tiene sus propios sonidos. Aunque ahora mismo aquí no hay silencio. Se oye ese crepitar característico afuera, creo que ha comenzado a llover. Me asomo a la terraza para ver si aparecen las pequeñas manchas húmedas de las primeras gotas sobre la brea, pero no veo nada. El patio está completamente seco. ¡Caramba! Otra vez me confundí, ¡no es la lluvia, es el viento! Cuando sopla en los árboles del jardín hace exactamente el mismo sonido que la lluvia justo antes de esos aguaceros tropicales. Unos aguaceros que se anuncian con unas cuantas gotas inofensivas y luego se derraman de golpe, con furia, sobre la vegetación, antes de pararse tan repentinamente como empezaron, mientras se alejan las nubes gris oscuro.

Las jóvenes palmas en frente de nuestra casa empiezan a agitarse hacia todos los lados.

—¡Vaya con el mes de marzo! ¡Me voy a despeinar otra vez!

A la Abuela no le gusta salir cuando hay viento, sobre todo cuando se ha pasado la mañana arreglando

---

1 Todavía me sorprendo cuando el ascensor se salta el piso número 13. No es que sea supersticiosa, pero, por si acaso, prefiero pasar directamente al capítulo 14.

su cabello fino, batiéndolo con el peine para darle más volumen. Tiene planeado ir a ver a una amiga.

Hoy es feriado, aunque eso no cambia nada para Abuela, pero para su amiga sí, porque es maestra en una escuela primaria. En Puerto Rico, los días festivos oficiales, como Año Nuevo, el 4 de Julio (independencia de Estados Unidos), el Día de la Constitución o el Día de Acción de Gracias son, antes que nada, una buena oportunidad para reunirse a comer algo o ir a la playa. Hoy se celebra la abolición de la esclavitud en la isla. Los esclavistas no perdieron el tiempo. Apenas veinte años después de que Cristóbal Colón se equivocara al creer que estaba llegando a la India en 1492 ya habían empezado a vender esclavos traídos de África a las Antillas. Es el tiempo que les tomó hacer desaparecer u obligar a huir a las montañas a una gran parte de la población indígena. Cuarenta años después de la llegada de los primeros colonos a Puerto Rico (en 1493), solo había 370 blancos en la isla, pero ya tenían más de 1.500 esclavos africanos y unos 500 indígenas. A estos últimos no los llamaban «esclavos», los llamaban «encomendados», pero era igual.

Trescientos años después, cuando se prohibió el comercio transatlántico de esclavos pero no la esclavitud, el número de blancos prácticamente se había multiplicado por 1000. «Los colonizadores», dice Abuela, «se reproducen como conejos. No solo entre ellos». Debe ser verdad, porque además de los 300.000 blancos, había casi tantos mulatos y negros libres, además de 42.000 esclavos. Busquen el error.

«Los esclavistas eran unos sinvergüenzas», decía Abuela. «Afirmaban sin sonrojarse que la mano de obra libre no les daba la misma seguridad que la mano de obra esclava porque no podían obligarlos a trabajar día y noche y sin paga. ¡No faltaría más!». Cuando España finalmente abolió la esclavitud en Puerto Rico, en 1873, ocho años después de los Estados Unidos, los blancos en la isla temían ser atacados por los antiguos esclavos y tener que marcharse, como sucedió en Haití u otras islas del Caribe. Pero eso no sucedió. Abuela piensa que es porque aquí no había suficientes esclavos. «Un esclavo contra trece hombres libres era demasiado arriesgado. En Haití pudieron hacer la revolución y convertirse en la primera república negra porque eran siete esclavos contra uno».

Aquí se abolió la esclavitud hace casi 150 años, pero el racismo duró mucho más. Incluso mantuvieron unas libretas oficiales en las iglesias, donde se escribía solamente los nombres de aquellos que no tenían esclavos entre sus antepasados para que se pudieran casar entre ellos. Cuando Abuela era pequeña, sus primas le metían miedo diciéndole que, tal vez, cuando fuera mayor, tendría hijos negros. Cuando se fue a estudiar a los Estados Unidos ¡se dio cuenta de que allí era aún peor! Incluso tuvo un novio americano, estaba muy enamorada y se iba a casar con él, hasta que le preguntó si por casualidad ella no tenía antepasados africanos. Ella se quedó atónita y lo dejó al instante. ¡Menos mal que no se casó con él!

Afortunadamente las cosas han cambiado, los jóvenes ya no son como en los tiempos de la Abuela, aunque todavía hay muchas desigualdades sociales que tienen sus raíces en la esclavitud. Pero si se analiza el ADN de cualquier puertorriqueño, incluso de los que no nacieron en la isla, se encontrará que tienen la misma mezcla de sangre europea (española, francesa, corsa, italiana, irlandesa, entre otras), africana (senegalesa, bantú, gambiana, entre otras), indígena o incluso judía o del Medio Oriente, en diferentes porcentajes. A eso le llaman la «raza puertorriqueña». Yo eliminaría la palabra «raza».

Parece increíble, pero en algunos formularios, como los de solicitud de empleo, todavía preguntan cuál es tu raza. Te hacen creer que es para proteger a las minorías, pero nadie se deja engañar. Me imagino que la mayoría marcan la casilla «Caucásico», que no es más que otra forma de decir «blanco».

Abuela y yo no ponemos nada, no es obligatorio. Cada vez, bajo «raza», me gustaría agregar una casilla «Váyanse a la mierda», pero como a menudo son formularios oficiales, no me atrevo.

Abu dice que aunque se haya abolido la esclavitud no hay que bajar la guardia.

—¡No te olvides de que la mayoría de los que nos gobiernan y dirigen la economía de este país son descendientes de los antiguos esclavistas! Algunos todavía tienen la misma mentalidad. Ya no se trata necesariamente del color de la piel, pero si pudieran hacerte trabajar a todas horas del día o de la noche sin pagarte nada ¡lo harían!

Abuela se levantó. Sale del balcón, la oigo llevarse las llaves y cerrar la puerta de entrada. Baja los escalones y ahora la veo alejarse por el patio con su bastón, en dirección al mar. El bastón de la abuela tiene muchas historias, ¡cuántas veces se le ha olvidado sobre el carro cuando sale a hacer las compras! Lo más práctico para ella es colocar el bastón sobre el capó para poder abrir la puerta. Una vez se le olvidó, y el bastón se cayó en medio de una carretera muy concurrida. Entonces estacionó el carro a un lado, esperando que bajara el tráfico para recoger su bastón. Afortunadamente pasó un valiente caballero que se aventuró en el tráfico y se lo devolvió.

Hoy no debería pasar, porque Abuela no va muy lejos, puede ir caminando. Para Abu, la mejor manera de celebrar el Día de la Esclavitud siempre será comiendo un buen mofongo de camarones con su amiga.

Capítulo 15

El sol ya está alto en el cielo, es la hora en que el mar toma su color turquesa típico del Caribe, el que más les suele gustar a los que no viven en el Caribe. La verdad es que es muy hermoso. Sin embargo, no es el mejor momento para ir a la playa. El sol golpea demasiado fuerte y la arena te quema los pies. Lo digo por experiencia propia. Una de esas veces que me fui a recoger basura a la playa tuve que hacer unas diligencias antes, así que llegué más tarde de lo habitual. El mar estaba hermoso, había tres pelícanos pescando y no sé por qué se me dio por hacer como los turistas. Saqué mi teléfono celular para tomar fotos. Empecé a caminar por la playa, siguiendo a los pelícanos mientras iba recogiendo pedazos de vidrio, latas de cerveza, chanclas de plástico roídas por el mar, hilo de pescar, hasta viejos *t-shirts*. También encontré papel higiénico, pero no lo recogí, me dio demasiado asco. No me molesta recoger la basura, pero la mierda de otras personas, ¡eso sí que no!

Cuando llegué al final de la playa, me di cuenta de que ya no tenía las sandalias de cuero que llevaba en la mano cuando llegué. Pensé que debía haberlas dejado caer sin darme cuenta, tal vez cuando empecé a tomar las fotos, así que volví para atrás. No las encontré. Volví a recorrer la playa varias veces en ambas direcciones, ¡mis sandalias habían desaparecido! Tal vez las recogió alguien que estaba limpiando la playa como yo y las tiró a la basura. Pero no había visto a nadie.

El problema fue que, en ese momento, la arena había comenzado a calentarse y me pareció estar pisando una sartén caliente. Por el largo de la playa, podía ir caminando con los pies en el agua, pero para salir de la playa no tuve más remedio que cruzar por la arena. Lo hice como pude, saltando, rodando, hasta vaciando el agua de mi cantimplora sobre mis pies, pero volvía a quemar enseguida. ¡Ay, las playas del Caribe! ¡Cada paraíso tiene su infierno! Finalmente logré llegar hasta el camino de tierra y pensé que lo peor ya estaba atrás, pero nunca me había dado cuenta de que el camino estaba lleno de piedritas afiladas. Caminar descalza sobre esas piedras fue una verdadera tortura.

No hubiera podido llegar hasta casa con los pies en ese estado, así que me detuve frente a una farmacia en la carretera con la esperanza de que quizás vendieran chanclas. ¡Vaya vergüenza entrar descalza en la farmacia! Creí que la gente me estaba mirando como si fuera un turista maleducado, de esos que entran a las tiendas sin camiseta. No supe qué hacer, salvo sonreírle tontamente a la farmacéutica murmurando entre dientes que se me habían perdido las sandalias en la playa. Me sentí aún más tonta. Afortunadamente, tenían chanclas, aunque no tuvieran una gran selección. Lo único que encontré de mi tamaño fue un par de color turquesa fluorescente con grandes flores blancas y «Puerto Rico» escrito a un lado. Me parece que aún las tengo en algún lugar. Aunque en este momento daría lo que fuera para poder soltar mis muletas, volver a meter los pies en el agua y darme una larga caminata, no recomiendo ir a la playa a esa hora.

La mejor hora es temprano en la mañana, cuando no hay nadie y los árboles aún ofrecen una sombra refrescante. Cuando las huellas de los animales todavía están visibles en la arena, las de los cobos, paralelas al agua; las de las iguanas, más anchas, perpendiculares a la playa, cuando vienen a beber el agua salada del mar; las de las tortugas, el carey, cuyos pasos dejan un dibujo en forma de yin yang; y el tinglar, la tortuga marina más grande del mundo, que puede medir más de seis pies. También es la hora en que se cruzan los pequeños cangrejos amarillos, que te miran con sus ojos saltones y les puedes decir: «No te preocupes, pequeño cangrejo, no te haré nada». Lo entienden muy bien.

Es la hora en que la marea está más baja, de apenas unos pies, porque las mareas aquí no son muy pronunciadas, o por lo menos, no como en ciertos mares de Europa. Cuando las aguas están tranquilas, translúcidas, y la arena bajo el agua forma surcos paralelos, como los de los jardines zen japoneses. En esas horas tempranas, cuando muchos duermen antes de su loca carrera del día, la arena, el mar y el cielo, ajenos a la próxima agitación, unen sus manos suavemente, dibujando de abajo hacia arriba una gradación perfecta de colores, tranquila y armoniosa.

En esos momentos de comunión con la naturaleza, en lo que tiene de más sereno, de más perfecto, de más humilde también, me siento como ella, ya no le tengo miedo a nada. Sé que estoy en el lugar perfecto, en el perfecto momento.

Capítulo 16

Mientras la Abuela disfruta de su mofongo, del que seguramente me traerá una porción luego, observo un par de mozambiques que vuelan de árbol en árbol. Estos pájaros negros con los ojos amarillos, una especie de mirlo con la cola alargada en forma de abanico, muy común en nuestras islas, son tan atrevidos como los gorriones europeos. Recuerdo lo que decía Abu de los pájaros y la bendición. Ser amigo de los animales, ¿es innato o se aprende?

Cuando era niña, recogía los pajaritos que se caían del nido y, si alcanzaba, los volvía a colocar dentro, si no, los llevaba a casa, donde intentaba, a menudo en vano, devolverlos a la vida en una caja de cartón. Cuando sobrevivían, tan pronto como tenían suficientes plumas en las alas, les enseñaba a volar sobre mi cama. Estaba convencida, por haberlo hecho tantas veces en mis sueños, de que había aprendido a volar antes de caminar.

También recuerdo la cara descompuesta de mis padres cuando llegué una mañana con una paloma blanca llena de piojos debajo del brazo. Para mis pollitos, rascaba el suelo en el patio en busca de hormigas y gusanos que introducía en su pequeño pico, no sin probar primero una o dos hormigas. No sé qué le encontraba en aquellos tiempos al ácido fórmico. Afortunadamente, nunca intenté hacer eso con las hormigas rojas, porque resulté ser alérgica.

Años después tuve una experiencia casi mística en el cementerio central de Viena, donde no fui para entrar en comunión con la naturaleza, sino con el espíritu de los grandes músicos. Me había imaginado un itinerario turístico señalizado entre las tumbas de esos genios, pero para mi consternación, no había ningún letrero. Imposible encontrar las tumbas de los ilustres artistas, cuyas obras admiro, aunque nunca haya logrado más que mediocridad en mis intentos de aprender a tocar el piano, a pesar de las muestras de aliento de mi profesora, una distinguida anciana a la que quería mucho y que aseguraba a mis padres que tenía una coordinación poco común entre la mano derecha y la mano izquierda.

Me aventuré cada vez más profundamente en ese gigantesco cementerio, dejando atrás las tumbas y callejones bien cuidados, hasta encontrarme en un lugar completamente salvaje, rodeado de bosques. Es aquí, lejos de todo, al menos esa era mi impresión, que me encontré con la tumba de Beethoven, y un poco más allá, la de Schubert. No encontré ni huella de admiradores apasionados, ni notas ardientes ni coronas de flores. Solamente unas tumbas abandonadas en medio de la maleza en un rincón salvaje. Convencida de que Beethoven y Schubert se merecían algo mejor, me quedé un largo rato meditando ante sus tumbas.

No me apetecía volver al sonido de los vivos, así que seguí caminando hacia el bosque. Fue entonces cuando ocurrió el milagro. No sé cómo ni de dónde, de repente aterrizó un pequeño gorrión en mi dedo índice izquierdo. Nos miramos en silencio, yo, la adolescente en mal de amor; y él (o ella, nunca lo sabré), pájaro humilde pero libre. Apenas me atrevía a respirar, permanecí inmóvil, estupefacta y emocionada, consciente de que estaba viviendo una experiencia excepcional. El gorrión se quedó sobre mi dedo sin moverse por un buen rato, antes de echar a volar. Miré a mi alrededor, esperando verlo reaparecer. No lo conseguí, pero me fui a casa con el corazón más ligero, silbando un *Lieder*.

Los dos mozambiques ya deben tener el estómago lleno porque han dejado de volar y chillar. Solo se escucha el viento y el incesante bullicio de insectos, sapos y un sinfín de aves indeterminadas, ruido de fondo habitual en el trópico. Habrá que esperar la noche para escuchar la dulce canción del coquí, símbolo de identidad puertorriqueña por excelencia.

Esta diminuta ranita, cuyos machos compiten por el territorio y llevan la serenata a las hembras al son de ¡co-quí! ¡co-quí! en la noche, es el amuleto de la suerte de los puertorriqueños, que lo han estado representando de mil maneras desde los tiempos precolombinos. Los taínos, maestros en diseño, han dejado su silueta estilizada en petroglifos por ríos y cuevas cercanas al mar. Aquí estamos tan apegados a este pequeño anfibio nativo de la isla, que hasta decimos «puertorriqueño como el coquí».

Por eso me dolió enterarme de que no todo el mundo aprecia nuestra pequeña mascota. En Hawái, donde el coquí fue introducido accidentalmente cuando hubo una emigración de puertorriqueños hacia aquellas islas, probablemente escondido en una planta, a menos que un chistoso lo hiciera a propósito o un boricua nostálgico lo llevara consigo, lo cierto es que los hawaianos ya no saben qué hacer para deshacerse de él. Además de ser visto como un invasor peligroso para los ecosistemas locales, el coquí ha afectado las ventas inmobiliarias. Parece que el canto de nuestro coquí, que ha estado meciendo las noches de generaciones de niños puertorriqueños durante siglos, no le hace tanta gracia a los jubilados americanos que aspiran a terminar sus días en paz bajo el sol de Hawái.

A mí me resulta difícil creer que, mientras está dando dolores de cabeza a las autoridades hawaianas, nuestra mini rana nacional, con la que, de niña, me encantaba jugar al escondite, el coquí se esconde en las plantas por la noche y se calla apenas uno se acerca. Actualmente está desapareciendo en Puerto Rico. Parece que está pasando lo mismo con las liebres en Europa. No sé desde cuándo existen las liebres, pero acaban de descubrir que el coquí existe en la isla desde hace 30 millones de años, lo consiguieron datar gracias a un fósil. No sé cómo ocurrió esto, ¡pero sí que hemos debido de darle fuerte a la naturaleza para que empiecen a desaparecer las liebres y los coquíes!

Capítulo 17

¿La ira será una enfermedad? Odio enojarme. Es como cuando me da la influenza, por un lado, me derriba, por otro lado, hago todo lo posible para deshacerme de ella. Para la influenza, utilizo vitamina C, caldo de pollo con fideos, infusiones de plantas medicinales e inhalaciones de tomillo y eucalipto. Para la ira, es un poco más complicado. Primero empiezo por quejarme. No me gusta quejarme, pero a veces las cosas tienen que salir. Hay ciertas cosas que me enojan tanto que no puedo evitar dejarlo saber. Lo malo es que termino sonando a disco rayado, me siento aún peor después, y no soluciona el problema. La ira es la antesala del odio, por eso, si la puedo evitar, la evito. En esos momentos, menos mal que existen el arte y la risa.

Mis principales problemas, de hecho, son dos: que se maltrate a las personas y que se maltrate la naturaleza. El maltrato se ha vuelto una verdadera epidemia. Al principio creí que era solo en Puerto Rico, pero luego me di cuenta de que es igual en todo el mundo. Por ejemplo, cuando hay un desastre, como un huracán, un terremoto, una inundación, algunos se las arreglan para ganar más dinero, mientras nosotros perdemos nuestra casa, nuestro trabajo, nuestros ahorros.

Otros, o los mismos, aprovechan para maltratar aún más la naturaleza. Mientras no mirábamos, porque teníamos otros problemas, como la falta de techo o de comida después del huracán, nuestras autoridades vendían playas e islotes a empresas privadas para el turismo y permitían que se construyeran residencias de lujo en zonas protegidas de la costa. Esto es solo un ejemplo entre cientos, pero bueno, voy a dejar de quejarme, porque la ira oscurece la sangre y no es buena para el corazón.

Afortunadamente, Abu ya está de regreso, la veo caminando por el patio con su bastón. Abu es mi mejor antídoto contra el enojo. Incluso mejor que los humoristas, el yoga, las palabrotas, el *kickboxing* o el grito primal desde un acantilado. No necesita decir o hacer nada especial. A su lado, ya me siento mejor.

—Te traje mofongo, está como a ti te gusta, suave, sin demasiado aceite ni demasiado ajo, ¡ya me dirás!

Abuela ya ha puesto un plato para mí sobre la mesa, cubiertos, un vaso y una servilleta.

—¿Cómo te fue en casa de Janina?

—Bien, está bien y sigue siendo tan buena cocinera como siempre, aunque me cansó un poco con sus historias del corazón.

—Como siempre.

—Como siempre. Y mira que no es difícil, se lo he dicho mil veces. Hay que seguir el instinto: si una vocecita te dice «Huye de este hombre», ¡sal corriendo! A menos que te gusten las complicaciones, claro, pero entonces hay que asumirlo y no venir a quejarse después.

El mofongo está delicioso. Abuela tiene un gran corazón, adoptaría a todos los huérfanos de la tierra si pudiera, pero en el amor, siempre ha preferido historias sin complicaciones. Exóticas, intensas, sí. Pero para las tóxicas o perversas, no tiene ninguna paciencia. A pesar de eso, sigue teniendo éxito con los hombres. Aquí no es una cuestión de edad, las mujeres siguen atractivas incluso después de los ochenta años. No es como en algunos países, en donde les ponen una fecha límite a las mujeres como a las botellas de leche. A Abu le encantaría que yo encontrara un novio en la isla, pero a mí eso no me apetece mucho. No consigo confiar en los hombres de aquí. No conozco a una sola familia que no tenga historias de amantes, hijos fuera del matrimonio y vidas dobles, cuando no son triples o cuádruples. Probablemente se remonta a la época de los conquistadores y la esclavitud, cuando no se lo pensaban dos veces y se abalanzaban sobre las hermosas indígenas o las bellas africanas. De repente hubo muchos más hijos ilegítimos que legítimos. Con semejante ascendencia, no es sorprendente si los hombres no siempre son de fiar.

Tal vez eso ha cambiado hoy día, pero a mí, esas historias de familia que me han contado, como la del bisabuelo que tenía treinta hijos, quince de ellos con su amante, y que él mismo era hijo ilegítimo de un capitán español (algunos dicen que fue general), o la de ese abuelo mujeriego que tuvo tres hijas mientras su esposa solo pudo tener una, aunque las encuentre algo pintorescas, debo reconocer que me bloquean, me quitan todas las ganas.

De todos modos, Abuela también prefiere los hombres que vienen de lejos. Conoció a algunos muy interesantes.

—Abu, ¿cómo se llamaba ese novio que veía el aura de las personas y las líneas de fuerza del universo?

—¿El músico? Emiliano, pero todos lo llamaban O'Malley, como el de los Aristogatos. Yo era la única que lo llamaba por su nombre, lo encontraba mucho más bonito. Era un gran músico, Emiliano. Desgraciadamente, la vida se lo llevó demasiado pronto.

—¿Por qué no te casaste con él?

—¿Emiliano? ¡Oh no! ¡Ya había estado casado tres veces! Segunda esposa, tal vez. ¿Pero cuarta esposa? ¡Oh no! ¡No hubiera podido, me recordaba a Barba Azul!

No insistí, pero no sé por qué, me parece haber visto un destello de ternura en la mirada de Abuela. Parece que ya le perdonó al Barba Azul.

Capítulo 18

Por aquí, hay un hombre del que se habla mucho, un hombre temido y admirado. Incluso tiene una estatua. No es fácil de encontrar, porque está en la laguna, escondida detrás del manglar. Era un pirata, tal vez es por eso que su estatua está escondida. Son pocos los lugares donde las autoridades han erigido una estatua en memoria de un pirata. ¿Qué sentido tendrá? Es verdad que las costas, especialmente las que están lejos de las capitales, a menudo son tierra de nadie donde hay gente que se permite hacer casi cualquier cosa, incluido el tráfico de todo tipo. En el Caribe, probablemente es un legado de los antiguos piratas, corsarios y otros bucaneros. Estos comenzaron a proliferar en nuestras islas a partir del siglo XVI.

La Abuela me explicó la diferencia entre un corsario y un pirata. «Los piratas eran bandidos, pero los corsarios eran algo más refinados. Eran ladrones oficiales, aprobados por la corte. Tenían una autorización firmada por el rey o la reina para saquear los barcos de los países enemigos». Probablemente los monarcas tendrían derecho a su parte del botín. Según Abu, esta hipocresía persiste. «Hoy, los gobiernos ya no necesitan corsarios, estarían mal vistos, pero tienen cabilderos, y es su propio país el que saquean». En cuanto a los filibusteros, eran una clase intermedia, a veces tenían permisos, no necesariamente de un monarca, a veces no.

La estatua en nuestra bahía es la del pirata Roberto Cofresí. No es tan conocido como el pirata Barbanegra o Francis Drake, pero aquí es famoso. A menudo se pronuncia su nombre en voz baja, porque aunque lo capturaron y fusilaron en 1825, todavía hay quien le teme; se dice que mató a más de 400 hombres. Parece como si la gente tuviera miedo de que surja repentinamente de una de las muchas cuevas que reivindican su nombre, por si hubiera escapado de la muerte, como cuando escapaba de los barcos españoles, británicos, daneses o franceses, y que castigue a quien, sin querer, se atreviera a acercarse a su botín.

También hay mucha gente en la isla que admira al pirata Cofresí. Se dice que fue una especie de Robin Hood, que distribuía su botín entre los pobres. Por eso no fue fácil capturarle, era inteligente y también estaba protegido por parte de la población. «No sé si es verdad», dice Abuela, «hay quien dice, pero no son de aquí, que solo distribuía su riqueza entre su familia y amigos. Pero como todos aquí se conocen y pretenden estar relacionados con el pirata, al final debió haber mucha gente que se benefició de su generosidad».

Abuela también conoce la historia del padre del pirata. Afortunadamente, estas viejas historias no se le olvidan. Afirma que era un caballero de Trieste, en Italia, que se llamaba Francesco Giuseppe Fortunato von Kupferschein, le decían «Franz». Parece que Franz von

Kupferschein tuvo que abandonar Trieste a toda prisa, tras haber sido acusado de matar a un hombre en un duelo. Se desconocen los motivos del duelo, pero el padre de Franz pensó que su hijo tenía circunstancias atenuantes, por lo que le ayudó a escapar en el primer barco que salió del puerto. Así Franz llegó a Barcelona, donde oyó las historias de aventuras y riquezas traídas de las Américas. Se le ocurrió probar suerte en Puerto Rico. Como era un Von Kupferschein, logró casarse con una mujer perteneciente a una de las mejores familias de la zona. Eso fue por el año 1784. Para la gente de aquí, que habla español, Von Kupferschein era demasiado difícil de pronunciar, así que poco a poco se convirtió en «Cofresí». Franz y su esposa puertorriqueña tuvieron una hija y tres hijos. El más joven era el futuro pirata Roberto Cofresí.

—Cofresí, ese es un nombre perfecto para un pirata, ¿no te parece? ¡Suena a un cofre rebosante de monedas de oro! Aunque esta historia de Von Kupferschein me recuerda lo poco que saben a veces los puertorriqueños de su propia identidad. Parece como si se hubieran tragado la historia oficial escrita por los gobiernos español y americano. Hoy día reclaman su sangre española, africana y taína, ¡pero se olvidan de todas los demás!

—¿Te refieres a los alemanes e italianos, Abu?

—Sí, y también a los portugueses, irlandeses, escoceses, libaneses, corsos, franceses. ¿Sabías que el veinte por ciento de los apellidos en Puerto Rico son de origen francés? ¡Incluso uno de los mejores escritores puertorriqueños se llama Laguerre! Aquí hay personas que se apellidan Beauchamp, Beaupied, Dufour, Lafitte, Ledoux o Maturin, ¡y ni siquiera se dan cuenta de que son apellidos franceses!

—Tienes razón, Abu, conozco a una señora, se llama Dubois, pero está convencida de que es de origen alemán, porque durante un viaje a Europa le dijeron que parecía una alemana. Le dije que Dubois era cien por ciento francés, ¡pero no me creyó! También tengo un amigo que dice que no sabe por qué, pero que le gusta todo lo que viene de Brasil. Yo pensé que podría ser por sus orígenes portugueses, se apellida Da Silva. Ni siquiera sabía que Da Silva era portugués, pero se puso muy contento cuando se enteró.

—No me sorprende, hay mucha ignorancia. En general, los que conocen su origen provienen de otras islas: Córcega, Baleares, Canarias. Parece que los isleños se olvidan con menos facilidad de dónde vienen.

En eso creo que Abu también tiene razón.

—A veces me pregunto si lo que quieren olvidar no es solo de dónde vienen, sino, sobre todo, por qué vinieron. Los franceses, por ejemplo, huyeron de la llegada de los ingleses a Luisiana durante la Guerra de los Siete Años, y más tarde, de la venganza de los esclavos durante la revolución en Haití, también pasando por Luisiana. Los otros, los corsos, italianos, portugueses, irlandeses, escoceses, llegaron a lo largo del siglo XIX y a principios del siglo XX huyendo de las terribles guerras y hambrunas que asolaron Europa. Pero ya se han olvidado. ¡Los europeos solo recuerdan las historias en las que son ellos los héroes!

Ya por 1815, el rey de España había firmado una cédula de gracia que permitió a todos esos europeos refugiarse en Puerto Rico, donde se les dieron tierras. La condición era que fueran leales a la corona española.

—Pero no creas que el rey lo hizo por caridad cristiana, no, era porque temía a los independentistas puertorriqueños. Al traer a muchos inmigrantes europeos a Puerto Rico y hacerles jurar que serían leales a España, esperaba que en la isla hubiera más personas leales que independentistas. Era una cuestión de matemáticas, de números.

—¿Como los colonos chinos en el Tíbet, Abu?

—Más o menos, excepto que hay mil veces más chinos, es mucho más complicado para los tibetanos.

—Finalmente, en Puerto Rico, ni los españoles, ni los inmigrantes ni los independentistas tuvieron la última palabra. Ninguno pudo hacer nada contra las fuerzas de choque americanas.

—Yo de los que prescindiría es de los piratas. Los independentistas, bueno, digamos que hay verdaderos patriotas y también hay oportunistas. Pero los que piensan que la peor calamidad son los inmigrantes deberían pensárselo dos veces.

Capítulo 19

No creo que Abuela sea independentista. Por supuesto, cree en el derecho de los pueblos a la libre determinación. Pero como la isla es pequeña, teme que quizás no tenga suficientes recursos, aunque otros afirman que eso es propaganda y que Puerto Rico cuenta con petróleo y minas, y tendría suficiente tierra cultivable si no la hubieran sembrado de brea y cemento.

Sin embargo, le escuché decir a Abu que a las personas que hacen las cosas bien aquí generalmente les gusta la idea de la independencia. No el partido independentista y sus políticos, esos son como todos los políticos, solo piensan en el poder y el dinero. Además, aquí prácticamente nadie va a votar, sea cual sea el partido, muchos piensan que no sirve para nada.

—Por cierto, Abu, ¿por qué tú nunca vas a votar? Has estudiado y entiendes cómo funcionan las cosas. ¿No crees que tu voto podría cambiar algo?

—En países donde hay una verdadera democracia, como Suiza, por dar un ejemplo, votar sí es útil. Pero aquí no tanto. Desafortunadamente aquí hay demasiada corrupción, no hay ninguno mejor que otro.

—¿Pero entonces no hay nada que hacer?

—Digamos que los que esperan algo del estado aquí, siempre estarán decepcionados. ¡Si el estado solo piensa en sí mismo! Pero eso no significa que no se pueda hacer nada. Conozco a personas que hacen un trabajo admirable para mejorar la vida cotidiana de la gente, y al mismo tiempo, consiguen preservar la naturaleza. Pero eso no es a nivel estatal, sino a nivel muy local, en las comunidades. Allí es donde hay esperanza.

Abuela me llevó un día al norte de la isla. Conocimos a una pareja fabulosa. Él es buzo. Después del huracán, encontró pedazos de *acropora palmata* esparcidos por todas partes en el fondo del mar. La tormenta había diezmado los arrecifes de ese coral en forma de cuerno de alce que abundaba cerca de su casa. Eso le rompió el corazón. Cuando se enteró de que otros buzos consiguieron reparar los corales a partir de los trozos rotos, decidió hacer lo mismo.

Su esposa es maestra, también tiene un gran corazón. Ella quería ayudar a los niños de una comunidad muy marginada que vivía al lado de la playa. Pensaba que sería injusto que estos niños se convirtieran en futuros delincuentes solamente porque nadie creía en ellos. Ella está convencida de que todos los niños y las niñas son capaces de hacer cosas bellas si se les da la oportunidad. Entonces creó un centro para que pudieran realizar actividades de manera segura: jugar, practicar deportes, cocinar, cultivar un huerto, hacer preguntas y recibir respuestas. Convenció al alcalde para que les permitiera usar la escuela que estaba cerrada. Aquí se han cerrado cientos de escuelas porque los políticos piensan que la educación es demasiado cara y que a ellos no les sirve para nada.

Como el esposo no podía reparar todos los corales solo, decidió enseñar también a estos niños a repararlos. Muchos de ellos, aunque vivieran al lado de la playa, nunca se habían bañado en el mar. Por eso creó unas piscinitas seguras en la playa, y mientras los pequeños descubrían la alegría de chapotear en el agua, les contaba cosas sobre el mar y sus habitantes, los corales, los peces, las tortugas. Una de esas nenas me contó que lo más hermoso que le había pasado en la vida fue cuando un pececito le vino a tocar los dedos de los pies.

Los niños pueden hacer muchas más cosas de lo que se cree. Gracias al buzo y su esposa, desde los cinco años, estos niños y niñas que nunca habían estado en el agua son capaces de nadar entre los corales con una máscara de *snorkeling* y ayudar a reparar los arrecifes. Solo necesitan recoger dos trozos de coral roto, uno más grande y otro más pequeño, buscar un hueco en la roca, colocar el trozo de coral grande y encajarlo bien con el pequeño. El coral es un animal, pero crece como una planta, solamente necesita sol y estabilidad.

Hay tantas cosas simples y hermosas que se podrían hacer aquí. Desgraciadamente, los políticos hace décadas que engatusan a la gente con sus historias de estatus, estado libre asociado, quincuagésimo primer estado, independencia. Esto no es más que una excusa para que no cambie nada y para que puedan seguir saqueando la isla con arrogancia, mientras las personas se comen el coco y se comen entre sí por una historia de estatus insoluble. Pero el verdadero problema no es el estatus de la isla. El problema aquí, como en todas partes, es la injusticia, la mala fe y la codicia.

Yo todavía no he tenido la ocasión de votar aquí, es un poco complicado. Tengo familia tanto en la isla como en el continente, y no me gustaría que un día se encontrase separada. Entonces rezo. Pido que las relaciones entre Estados Unidos y Puerto Rico sean más justas y mutuamente beneficiosas.

La política me tiene cansada, es como las historias del corazón de la amiga de Abuela, que siempre elige a los peores hombres y, después, no para de quejarse. Yo, como Abu, necesito libertad. Algunos creen que ser libre significa que tienes derecho a hacer lo que te dé la gana, pero no es así. Abuela dice que ser libre significa hacer las cosas con el corazón y que tengan sentido.

Ser libre tampoco significa que no te importen los demás. Se puede ser muy libre y al mismo tiempo muy solidario. Abuela y yo lo vimos durante el último huracán. Personas que eran como ermitaños en sus cuevas, pero fueron de las primeras en salir a ayudar a los demás. En cambio, había gente muy sociable, los primeros en invitarte a su casa o a una fiesta, pero que después del desastre se comportaron como egoístas, solo pensaban en ellos y en su pequeño círculo cerrado. Cuando hay una crisis es cuando realmente se ve lo que hay en el corazón de las personas.

En realidad, creerse independiente, eso sería el confinamiento. Cada crisis nos muestra lo interdependientes que somos. Y aunque haya algunas personas que traten de engañarnos... Y aunque haya algunas personas que traten de engañarnos, nunca se podrá cometer un «crimen de solidaridad», solo crímenes de falta de solidaridad.

Capítulo 20

Hay cosas de las que estoy segura, como de que hay más gente buena, pero que desafortunadamente los otros gritan más fuerte y arrastran a los demás. O como el imperativo de proteger el medioambiente, o que, si no le ponemos límites, la revolución digital tendrá efectos tan perversos como los de la revolución industrial. O del amor que siento por Abu, y del que ella siente por mí. Por lo demás, dudo de todo, constantemente.

A veces, ni siquiera estoy segura de en qué país estoy. Me despierto en medio de la noche, me levanto de la cama, abro la puerta de mi habitación y por unos momentos creo que estoy en un país que dejé hace unos días, unas semanas o unos meses. No sé si también les pasa a otras personas. Los aborígenes de Australia dicen que el alma no viaja tan deprisa como los aviones, que necesita tiempo para alcanzar al cuerpo. Creo que es cierto.

No me gusta nada coger el avión, me asusta y dicen que es muy contaminante, pero, para venir a ver a Abu, no tengo más remedio. Me hubiera gustado no haber nacido a miles de kilómetros de mi abuela, en otro continente. He pensado pedir pon a un velero y cruzar el Atlántico para encontrarme con ella, pero no creo que sea justo para la tripulación. Primero, porque me mareo muy fácilmente. En segundo lugar, porque la botavara que te golpea cada vez que cambia de rumbo es una pesadilla, y finalmente, porque no le deseo a nadie probar mi cocina. Así que no veo para qué serviría en un velero. Desgraciadamente, creo que no estoy hecha para navegar, o solo distancias cortas y con marineros a los que no les importe que lo único que sepa hacer sea contarles cuentos. Algunos marineros son súper amables, hasta me dejan tomar el timón.

No es que no haya intentado aprender a navegar, pero es demasiado complicado, hay demasiados parámetros, no me caben en la mente. Necesito cosas simples, así que antes del accidente, había empezado a aprender a manejar una canoa. El canotaje también es precioso, no molesta a nadie, no hace ruido, no como esos horribles *scooters* de mar. La canoa flota suavemente, en armonía con las olas, como si fuera un manatí o un delfín. A veces me daba la impresión de ser un taíno que llegaba por primera vez a la isla. ¡Cómo me hubiera gustado ser uno de ellos, tan bellos y ágiles en el mar, antes de que Cristóbal Colón lo echara todo a perder!

Por cierto, *canoa* es una palabra de origen taíno, como hamaca, barbacoa, maíz, huracán, caimán, papaya o guayaba. Aunque eso no me ayuda a cruzar el Atlántico. Ni siquiera soy capaz de treparme a la canoa cuando se da la vuelta, tengo que volver a la playa a nado, tirando de la canoa con un brazo. También he pensado en un barril, pero no creo que yo resistiría. Otras sugerencias serían bienvenidas, menos esos cruceros en barcos enormes, eso no es lo mío.

Cambiar de país, incluso cuando es nuestra propia decisión, puede ser perturbador. Abuela dice que comprendió lo que debe ser el exilio cuando se fue a vivir a la India. Recorrió el país varias veces, pero no consiguió encontrar un lugar donde realmente se sintiera en su casa. Ella no se fue a la India buscando un cambio de escenario o la iluminación. No le importaban los *sadhus* y las cremaciones en el Ganges. Abu solo buscaba hacer amigos.

Lo consiguió, los jóvenes son iguales en todas partes. Sus amigos indios tocaban la guitarra, por lo que se pasaba el tiempo con ellos cantando canciones de los Beatles. Uno agarraba la guitarra, otro el tabla, esas percusiones con un sonido tan sensual, y se lanzaban. A ella le encantaba cantar, excepto cuando sus amigos entonaban *Come Back*, «Come back, come back to where you once belonged»[2]. Esa canción no le gustaba para nada, le dolía como si estuviera dirigida a ella. Aunque le encantó la India, después de varios años en el país, la sensación de exilio comenzó a pesarle. Aparentemente no basta con amar un país para que este te haga sentir como en casa.

En Puerto Rico yo no me siento exiliada porque está Abuela. Pero sí siento el dolor de la separación, porque estoy lejos de los demás. En la vida, ya sé que hay que tomar decisiones, pero por mucho que lo intente, no consigo elegir. Donde quiera que esté, siento como si me estuvieran cortando en pedazos. A veces son pedazos grandes, a veces pedacitos. Quizás sea por eso que en cierto momento me atrajera el yoga. En

---

2 Regresa, regresa adonde una vez perteneciste.

sánscrito yoga significa «unión». Pero también viene de la misma raíz indoeuropea que «yugo». Por eso tengo que confesar que no me interesa convertirme en hindú. Ahora prefiero hacer *stretching*.

Hay quienes creen que no tener casa, que ser nómada, cuando no eres mongol, lapón o gitano, es una debilidad, un fracaso, algo de locos. No creo. El nomadismo sería más bien una cuestión de ADN. La naturaleza, mucho antes de que existieran los barcos y los aviones, ya lo había planeado. Todos somos nómadas genéticos, quedarse cómodo en casa es algo bastante moderno, a escala humana. Si viajo es porque no tengo más remedio, aunque quisiera desesperadamente que el avión solar pronto haga escala en Puerto Rico.

Capítulo 21

—Abu, ¿tienes un *bucket list*, una lista de cosas que te gustaría hacer antes de que sea demasiado tarde?
—Tengo una larga lista de cosas que me gustaría hacer. ¡Pero nunca es demasiado tarde!
—¿Qué harías primero?

Abuela se acercó. Inclinándose detrás de mi silla, me rodeó los hombros con sus brazos delgados y me dio un fuerte abrazo mientras pegaba su mejilla sobre mi cabeza. Permaneció así por un buen rato en silencio, antes de darme un delicado beso en el cabello.

«Un día», dijo Abuela, «tuve la oportunidad de ver a mi violinista favorito. No pensaba que fuera posible. Lo había soñado durante años, como algo imposible, y de pronto sucedió. Asistí a uno de sus conciertos en el Carnegie Hall, en Nueva York, con mi madre. No estaba planeado, y no pudimos quedarnos hasta el final, porque si no hubiéramos perdido el último tren de regreso a Nueva Jersey. Estábamos sentadas en la segunda fila, así que no pasamos desapercibidas cuando nos levantamos para irnos. El sueño se terminó un poco abruptamente, pero aun así fue una experiencia fabulosa.

Al año siguiente el violinista vino a Puerto Rico. ¡Aquí, a Puerto Rico, parecía increíble! Claro que compré un billete. Me sentí como si hubiera ganado el gordo en la lotería dos veces seguidas. Aquí, los periódicos se interesaron sobre todo por la novia puertorriqueña del violinista, ¡qué emoción leer que tenía tal vínculo con nuestra isla! Aunque alguien que lo conoce me dijo después que en realidad tenía muchas novias. Era más bien lo que llamaríamos hoy un buen gancho publicitario. Durante este segundo concierto, aunque no fuera el mismo programa, tuve una impresión de *déjà vu*. De hecho, casi estaba decepcionada. Había soñado durante tantos años con verlo en vivo, que ya se había convertido en algo normal, banal. Ese día aprendí una lección importante. Es bueno tener una lista de deseos, pero no es necesario cumplirlos. A veces incluso es mejor no cumplirlos. Mejor guardar la lista en la mente, para que siempre tengas algo que te haga soñar».

Desde el accidente, he dejado de soñar con las cosas que no puedo hacer. ¿De qué me sirve, aparte de hacerme infeliz? Me convenzo de que, de todos modos, todo sucede por algo. O, por lo menos, si buscamos bien, siempre encontramos una razón. A veces no entendemos enseguida, las respuestas vienen más tarde.

Al principio, estaba muy agitada, luchaba internamente contra lo que percibía como una injusticia. Nunca le he pedido nada a la vida, salvo pequeños senderos por los que pueda caminar. Nada más, no necesito mucho para ser feliz. Un sendero, vegetación, cielo, aire. Es lo que siempre me ha parecido como el mínimo indispensable para mi supervivencia, para mi equilibrio. Pero de repente, la vida me denegaba incluso eso. Hasta he llorado.

No sé por qué, pero esta vez no me atreví a contárselo a la Abuela. Fue una tórtola la que me consoló una mañana. Estaba preparando el desayuno cuando creí ver algo moviéndose en el árbol, aquel cuyo follaje roza la ventana de mi cocina. La tórtola brincaba sobre las ramas. Tenía un color beis muy clarito, casi blanco, con un fino collar negro alrededor del cuello. Dejó de saltar y me miró. Yo también la miré. Me puse a sonreír. Al igual que Abu, los animales tienen un don innato para curarme de la tristeza.

Saboreé suavemente, profundamente, ese momento de paz interior. Fue como si, gracias a la mirada viva y llena de bondad de la tórtola, el suave color beis de su plumaje, la conexión cariñosa y silenciosa que se estableció entre ella y yo, la sonrisa que provocó, mis células empezaron a iluminarse desde el interior, sentí como un resplandor y mucho calor en el cuerpo y la mente. Me sentí casi culpable de lo fácil que fue. Me hubiera gustado poder transmitir esa sensación benéfica a mi alrededor. ¿Se puede transmitir la propia paz interior a los demás?

Finalmente, me he dado cuenta de que mi accidente me está haciendo la vida más fácil. Sentada en una silla, sin poder ir muy lejos, ya no estoy parasitada por todas las preocupaciones que suelen asaltarme. El próximo contrato, el miedo a no estar a la altura, mi aversión al *marketing* y al *networking*, las pocas ganas de interactuar con personas que no me gustan particularmente, perder el tiempo decidiendo si esta mañana iré al gimnasio, saldré a caminar por la playa o daré una vuelta en canoa, el sentido de la vida, el futuro. Por primera vez, tengo la impresión de que no tengo que luchar con todas mis fuerzas para vivir. No tengo nada más que hacer que comer, beber, dormir, sujetar la mano de Abuela, leer, escribir, mirar el mar desde el balcón. Para mi gran asombro de nómada incurable, me doy cuenta de que también me gusta esta vida.

Capítulo 22

—¿Qué es más real? ¿Las cosas que hemos vivido o el recuerdo que tenemos de ellas? Si retrocediéramos en el tiempo, ¿las viviríamos de la misma forma?

—Depende.

—¿Depende de qué, Abu? ¿De si fueron agradables o desagradables?

—No necesariamente. Se pueden experimentar cosas muy desagradables que, justamente, porque son desagradables, nos enseñan lecciones. Por supuesto, hay cosas desagradables que se deben evitar, como una violación o un asesinato. Nadie quiere volver a sufrirlos, menos vivirlos la primera vez. Pero si piensas en todas las pruebas por las que has pasado, seguramente encontrarás algunas que no querrás borrar. Es un poco como las arrugas, cada una cuenta una parte de ti, de tu viaje, de tu vida. Pero hoy día, hay muchas mujeres que se quieren deshacer de sus arrugas.

—Sí, he leído en las revistas que incluso hay algunas que comienzan a usar botox a los veinte años y a los treinta.

—¡Vaya! ¿Sentirse viejo a los veinte años o a los treinta? ¡Qué tristeza! Pero incluso después, borrar tus arrugas es un poco como borrarte a ti misma, como no haber sido. Es igual que con los recuerdos. Cuando intentas luchar contra los recuerdos dolorosos es cuando más duelen, es mejor dejarlos subir. Se puede aprender a acogerlos, a sanarlos, para que sean menos dolorosos, aunque no desaparezcan por completo. Pero sabes que ganaste cuando, al llegar a la misma encrucijada, eliges otro camino.

Creo que entiendo lo que dice Abuela. Me parece que he llegado a varias de estas encrucijadas. A veces también las cosas desagradables pueden ser muy relativas. Lo que en un momento de tu vida te pareció insoportable, años más tarde te parece menos amenazante, o viceversa. Depende de las circunstancias. Puede ser un lugar, una persona, una situación. Por ejemplo, esta bahía. El mar es capaz de todo. Lo bueno, lo mejor, lo malo, lo peor. Tan tranquilo hoy, desatado mañana. El mar sana, mece, alimenta, agarra, ahoga.

Conozco playas hermosas y asesinas. Debía de tener seis años la primera vez que vi a un muerto, estaba en una de esas playas, en la costa atlántica. Había un letrero de madera en la arena que decía: «Aquí han muerto más de 100 personas. ¿Quiere usted ser la próxima?». Lo vi tendido cerca del letrero. Su esposa y sus hijas lo miraban impotentes. Lo agarró la resaca. ¿Acaso no había visto la advertencia? Hoy día ya no está el letrero, pero eso no significa que no haya más muertos. La playa sigue igual de peligrosa. Pero antes, solo iba gente de aquí. Ahora temen que un letrero asuste a los turistas.

En la isla, los principales peligros, aparte del mar, son los crímenes relacionados al narcotráfico, los huracanes y, cada cien años, los terremotos, a veces acompañados de *tsunamis*.

—Este año con los terremotos, en nuestra mala suerte, tuvimos suerte, no hubo *tsunami*. Cuando era niña, mis abuelos solían decir: «¡Si ves que el mar retrocede, corre hacia las montañas!». Los viejos sabían. Pero ya no los escuchamos, ahora la gente piensa que lo viejo ya no sirve.

Abuela acaba de servirse una nueva taza de café. Su favorito viene de Utuado, en la sierra. No es el más conocido, como el de Lares, pero lo cultiva un viejo amigo suyo. Su secreto es un puñado de azúcar moreno que arroja dentro de la cazuela de hierro mientras da vueltas suavemente a los granos de café sobre el fuego.

—Abu, yo creía que en Puerto Rico todos los edificios tenían que construirse siguiendo las normas antisísmicas. ¿Por qué hay tantas familias que perdieron sus hogares?

—Esto es por la construcción criolla. El único estándar es cuánto tienen en el bolsillo para construir su casa. Pero eso no ocurre solo en Puerto Rico, unos amigos de Katmandú me dijeron que allí pasaba lo mismo. En Nepal, las casas que colapsaron durante el terremoto fueron las que habían sido construidas sin un plan, sin arquitecto, sin ingeniero. No se puede evitar que la naturaleza sea lo que es. Pero si se hicieran las cosas bien se podrían evitar muchos desastres.

—No todo el mundo puede permitirse el lujo de hacer las cosas bien, Abu.

—Eso es porque los gobiernos no hacen su trabajo. Aquí hemos vivido terremotos y huracanes. En esos momentos, es verdad que a veces te preguntas dónde están escondidas las autoridades.

Un huracán es algo terrible. Pero hay algo que me sorprendió. Lo esencial no siempre es lo que se cree. A menos que dependas de una máquina, por cuestiones de salud, donde ahí sí que es vital, puede que ni siquiera quieras que vuelva la luz. Al principio, le daba al interruptor, por costumbre, olvidándome de que no había luz. Pero rápidamente me acostumbré a vivir al ritmo del sol. Me levantaba al amanecer y me iba a la cama a las ocho de la noche. Había algo relajante en este ritmo, a pesar de todos los problemas que vivíamos. Con la luz natural, también sufría menos de los ojos, estaban menos secos. Cuando me iba a la cama, no tenía tanto esa impresión de ser una pila eléctrica, todas esas máquinas que antes tenía encendidas a mi alrededor quizás no siempre me sentaban bien.

Cuando a los dos meses volvió la electricidad, me había acostumbrado tanto que ya no soportaba la luz artificial, me deslumbraba, me dolían los ojos. Tenía que apagar la luz y volver a las velas y lámparas solares. Durante un tiempo, pensé que podría seguir viviendo para siempre, al ritmo del sol. Hasta pensé que el huracán nos sacaría de esta abominable sociedad de consumo. Esperaba que otros también escucharan el mensaje. Pero para mi consternación, me volví a acostumbrar a la luz artificial, ahora mis ojos la reclamaban. Eso me puso muy triste. Sentí que había perdido algo importante.

Capítulo 23

Me gusta observar los gestos desgastados, pero aún hábiles, de Abuela. Cuando cuela el café a través de su viejo colador de tela, cuando despliega el periódico en busca de un artículo para compartir, o gira el botón de la radio, cuando pela los plátanos verdes, los aplasta entre las dos tablillas de la tostonera y los fríe, o cuando mezcla con una cucharilla los cuadritos de queso blanco con casquitos de guayaba y los deja derretir suavemente en su boca con aire goloso.

Abu tiene sus propios rituales. En estos momentos está descascarando maní, apretándolo sobre la mesa con la palma de su mano. Aparta los trocitos rugosos de la vaina, recoge delicadamente las semillas con la punta de los dedos, soplando el aserrín fibroso que se adhiere a ellas, y las desnuda de su fina piel rojo quemado antes de masticarlas con el aire culpable de una niña pequeña que acaba de coger unos dulces en la mesa de cumpleaños antes de que lleguen sus amigos.

Pero Abu siempre me ofrece.

—Toma, ¿quieres maní?

Maní es la palabra taína para «cacahuete», todavía se usa en Puerto Rico. La palabra *cacahuete,* que viene del náhuatl, el idioma de los aztecas de México, significa «cacao de tierra». El otro cacao, el del chocolate, que crece en los árboles, también viene de México. En Haití, al maní lo llaman *pistache,* aunque en Francia, la palabra *pistache* se usa para el pistacho. Cuando no se sabe, puede ser un poco confuso.

—Abu, ¿tú sabes lo que hay en el maní, que cuando comes uno ya no puedes parar?

—Creo que es la grasa. El maní tiene mucho aceite, eso estimula la dopamina en el cerebro, una de las hormonas de la felicidad.

—¿Tú crees que los taínos eran más felices que nosotros?

—Pues no sé si eran más felices, seguramente tenían sus problemas. Lo que estoy segura es que hubieran preferido que no les molestaran. Pero recuerda siempre que ellos todavía viven en nosotros.

—Abu, ¿te puedo contar algo? Desde muy joven, a veces tengo sueños extraños, de selvas y ancianas chamanes. Siento como si me absorbiera un torbellino, un vórtice del tiempo, y de pronto el sueño se transforma, veo a hombres a caballo con espadas, casas de paja quemándose, mujeres, niñas y niños huyendo en todas direcciones. No sé de dónde vienen esos sueños.

—Sucedió exactamente así aquí. Los conquistadores atacaron las aldeas indígenas montados en sus caballos, con sus armaduras y espadas. Tus sueños no son sueños, son el recuerdo de un pueblo que aún vive a través de ti. En los libros, la historia de las Antillas siempre comienza con Cristóbal Colón. Pero en realidad, comenzó mucho antes. ¿Sabías que los primeros indígenas llegaron a Puerto Rico hace 6000 años? Los que hablan de nosotros como el Nuevo Mundo, me hacen mucha gracia, ¡si la historia de nuestra isla comenzó incluso antes que los faraones de Egipto!

Abuela me explica que los arqueólogos han encontrado rastros de varias de estas aldeas, los primeros habitantes llegaron por la costa sur. En la costa atlántica, hay objetos que se encontraron en las excavaciones que datan de hace 4.000 años.

—Hay una playa cerca de la ciudad de tu tatarabuelo, donde cuando caminas sobre la arena, también caminas sobre piezas de cerámica que provienen de las antiguas aldeas indígenas. No tienes más que bajarte para recogerlas. Pero no te las debes llevar, hay que dejarlas donde los encontraste, porque ahí también vive nuestra memoria. También hay petroglifos debajo de la arena. De vez en cuando, el mar se lleva la arena, entonces aparecen. Uno de estos petroglifos representa una tortuga. Hoy en día, las tortugas están al borde de la extinción, pero para los pueblos indígenas, eran un alimento importante.

En esos tiempos, las aldeas estaban más alejadas del agua, pero el mar está poco a poco carcomiendo la playa, por eso hoy parece que están cerquita del agua. Nuestros poblados antiguos también se asentaron cerca de los ríos en el centro montañoso de la isla. Había que tener mucho cuidado, porque los ríos aquí, debido a las lluvias tropicales, pueden ser muy peligrosos. Hoy en día, a menudo hay niños bañándose que son arrastrados por los terribles golpes de agua.

Un día, en el Yunque, esa montaña cubierta de bosque virgen, considerada por los primeros habitantes de la isla como sagrada, decidí seguir un sendero que decían conduce a un río que forma unas pozas verdes muy bonitas. Por el camino me asusté, se escuchaba un sonido muy extraño, una especie de crac-crac-crac por encima de mí. Cuando miré hacia arriba, vi que eran unos bambúes gigantescos que se inclinaban con el viento. Crac-crac-crac, creí que se iban a caer sobre mí, así que corrí hacía el otro lado. Pero mientras corría, los bambúes cambiaron de dirección, crac-crac-crac, y se dirigieron hacia mí nuevamente. Cada vez que me movía, los bambúes me seguían amenazantes, con ese horrible crac-crac-crac. ¡Parecía que me estaban atacando!

Era la primera vez que tomaba ese sendero y no sabía si el río todavía quedaba lejos, pero como había estado caminando bastante tiempo, no quise retroceder. Salí corriendo sendero abajo, gritando por el miedo. Afortunadamente, el río no estaba muy lejos, había una familia bañándose. Estaba a salvo, pero decidí que nunca más volvería a caminar sola en un bosque virgen, incluso por una vereda señalada.

El agua color esmeralda estaba hermosa, pero yo no había venido para bañarme, así que me senté sobre una roca plana al borde del agua, observando a los niños que trepaban por la orilla opuesta colgarse de una cuerda atada a la rama de un árbol y saltar al río. Afortunadamente, hay ciertas cosas en el bosque virgen que no han cambiado desde hace más de mil años, parece que los conquistadores no lograron destruirlo todo.

De pronto, uno de los niños lanzó un grito agudo. Inmediatamente, toda la familia salió del agua. Sin pensármelo, yo también dejé mi roca y me refugié lejos de la orilla del río. Pensé que estaba llegando un golpe de agua. Nunca había visto ninguno, pero había visto imágenes terribles en Internet. Torbellinos salvajes de agua terrosa que bajan de la montaña y transforman una corriente pacífica en un verdadero campo de batalla. En uno de esos videos, incluso mostraban personas arrastradas por la corriente, era una visión inaguantable. Pero el niño no gritó por un golpe de agua. Lo que le hizo saltar como un muelle, a él y a su familia, era una serpiente. Cuando me acerqué, la madre estaba señalando hacia el medio del río, donde aparecía una pequeña serpiente amarilla que ondulaba en el agua. No conozco las serpientes de la isla, pero desconfío de ellas. Con ese reptil, nunca se puede tener demasiado cuidado. El agua del río estaba limpia, por eso pensé cuando se fue la serpiente que ya no había peligro. Había leído que el agua se vuelve turbia antes de un golpe de agua. Le dije a la señora, con un aire entendido: «El agua está clara, eso es buena señal». «Mire», me contestó, «esas hojas en el agua, el golpe de agua viene ya mismo». Ahí es que me di cuenta que hay que tener mucho cuidado con lo que se lee en Internet, y que saber solo un poquito puede resultar igual de peligroso que ser completamente ignorante. Las imágenes de Internet me volvieron a la mente, nos imaginé a todos arrastrados por las olas furiosas. Presa del pánico, salí huyendo.

Mientras subía por el sendero a toda velocidad, ya no pensaba más en el río esmeralda, la cuerda, los niños, los padres, la serpiente, los bambúes. Solo pensaba en una cosa, el golpe de agua nos iba a arrastrar. Me crucé con una pareja joven que estaba bajando tranquilamente hacia el río. Con sus camisetas coloridas y sus chanclas, no parecían conscientes del peligro. Yo casi no podía hablar, empecé a tartamudear: «¡El golpe de agua está llegando! ¡El golpe de agua está llegando!». No quería que les pasara nada. ¿Y si no conocieran el peligro de los golpes de agua? ¿Habrán visto las imágenes en internet? «¡Un golpe de agua, vamos a ver!», y siguieron bajando por el camino. Las advertencias se me estrangularon en la garganta. Observé impotente cómo los dos jóvenes desaparecían detrás de los árboles. No sabré nunca si ellos eran totalmente irresponsables o si fui yo la que dramatizó.

—Toma, ¿quieres maní?

Abuela ya se olvidó que me acababa de ofrecer.

Capítulo 24

Ya sé que tengo tendencia a querer cuidar de los demás. No lo puedo evitar, si no me siento inútil. ¿Será como el perfeccionismo, una razón para darse el derecho a existir? Cuidar de los demás no es nada malo, al contrario. Pero los demás, ¿realmente me necesitan? ¿O soy yo quien los necesita?

Me alejé de los demás cuando era pequeña para protegerme, pero ahora, mis células, que necesitan relacionarse, vuelven hacia los demás. Pero como aprendieron a desconfiar de las personas a las que llaman «normales», esas que son capaces de aplastarte desde la guardería, entonces van hacia las que no te van a aplastar, los más vulnerables, como los ancianos, los niños más sensibles o las víctimas de huracanes.

Es difícil para mí estar inmovilizada por culpa de este condenado accidente. No solo porque no puedo caminar por la playa o la montaña, sino también porque no puedo ocuparme de los demás. Me siento culpable por tener que quedarme en casa y ocuparme de mí.

«Para poder ayudar a los demás», me dice siempre Abu, «primero tienes que cuidar de ti misma». Antes no comprendía muy bien eso, pero creo que ahora lo entiendo mejor. Es la primera vez que me siento discapacitada. He tenido otros accidentes antes, pero aquellos no me impedían moverme. Las piernas son otra cosa. Sostienen el cuerpo. Cuando te lesionas las piernas, todo tu cuerpo se queda de repente inmovilizado, amenazado, vulnerable.

He pasado gran parte de mi vida viajando. Moviéndome. Alejándome. Huyendo para protegerme. Pero ahora mismo no puedo huir. Tengo que quedarme aquí y hacer frente. Luchar para defender quién soy desde adentro. Da miedo. Estoy ante una de esas encrucijadas que hay que cruzar de otra forma. Es posible. Es emocionante.

—¿Te dije que cuando era joven quería ser doctora?

Abuela se ha levantado para lavar su taza. La seca bien con un paño antes de guardarla en el armario. Los platos mal secados atraen hormigas y cucarachas. Abu tiene una bonita colección de tazas de todo el mundo. De Austria, Inglaterra, India, Filipinas, Egipto, Yemen, Siria, Kenia, Sudáfrica, Chile, Bolivia, Perú. Algunas las trajo de sus viajes, otras se las regalaron amigos y familiares para su colección.

—Sí, Abu, creo que me contaste que querías ser doctora, pero que finalmente no lo hiciste porque no te sentías capaz de diseccionar cadáveres.

—Correcto. ¿Pero te conté por qué quería ser doctora?

—No. ¿Por qué Abu?

—Fue en la India, en Orissa, por lo menos así se llamaba en aquellos tiempos. Ahora los nacionalistas hindúes han cambiado todos los nombres. Orissa, Bombay, Calcuta, Madrás, Benarés, así los llamábamos.

104

No le molestaba a nadie. Los nacionalistas están muy capacitados a la hora de levantar a la muchedumbre contra cosas que antes no le molestaban a nadie.

—¿Qué pasó en Orissa?

Abu me lo contó. «Había ido a visitar unos templos magníficos. ¡Cuál no fue mi sorpresa al ver que hasta tenían esculturas eróticas! No sabía que también había esculturas eróticas en Orissa, en aquellos tiempos solo se hablaba de las de Kajuraho, las más conocidas. Seguía maravillada por las delicadas esculturas del Templo del Sol cuando fui a coger el autobús para volver a Bhubaneshwar, la capital de Orissa. Recuerdo bien esa ciudad, me llamó la atención por sus amplios bulevares desiertos, el rojo de su tierra y el verde de sus árboles. Estaba esperando el autobús, cuando de repente sucedió algo terrible.

Escuché un estallido muy fuerte, volví la cabeza y vi a un hombre que estaba literalmente volando por los aires. Lo acababa de golpear un autobús. El hombre trazó un amplio semicírculo antes de caer al suelo. La multitud empezó a correr hacia él. En la India, menos en las montañas, siempre hay multitudes. Vi a unas cuantas personas que agarraron al hombre que estaba en el suelo por los brazos y las piernas para sacarlo de la plaza. Sentí mucho dolor por aquel hombre.

Me acordé de cuando me atropelló un carro. También volé por los aires y sentí como si me cayera en cámara lenta. Un grupo de gente se acercó a mi alrededor, y una señora se fue a su casa a llamar a una ambulancia. Los paramédicos llegaron muy rápido, me pusieron algo debajo del cuello y me sujetaron la cabeza y el cuerpo con firmeza antes de colocarme en una camilla. La ambulancia me llevó al hospital, afortunadamente fue solo una conmoción cerebral leve. En Orissa no llamaron a una ambulancia. Tal vez no tenían ningún teléfono cerca, o no había ambulancia. No sé a dónde llevaron al hombre herido. Quizás le salvaron la vida. Quizás, al levantarlo por los brazos y las piernas, lo lastimaron aún más. Tal vez esté muerto. No lo sé, pero ese día quise ser doctora. Si lo hubiera sido, por lo menos hubiera podido hacer algo por este hombre al que vi volar por los aires después que lo atropellara un autobús. Ese día me sentí terriblemente impotente. Desafortunadamente tuve que renunciar a mi deseo de estudiar medicina, porque, a pesar de que era muy buena estudiante, es verdad, nunca hubiera tenido el valor de diseccionar cadáveres».

Abu no se hizo doctora, pero parece que el deseo de cuidar de los demás también es cosa de familia, como viajar.

Capítulo 25

—Abu, aunque no estudiaras medicina, ¿tal vez hubieras podido conocer a uno de esos encantadores *French doctors* durante uno de tus viajes, no crees?

—¡Claro que no, eso son clichés! Además, no creo que esos médicos franceses en el campo sean lo mío. A mi entender ¡debe haber muchas tentaciones en el campo! Además, a ese tipo de hombres generalmente les gustan las mujeres fuertes y resistentes, como ellos. Yo tengo mucha fuerza de voluntad, pero muy poca resistencia. No, yo siempre he preferido a los poetas. Para bien, y a veces, desgraciadamente, para mal.

—¿Y qué es lo malo?

—¿Además de vivir constantemente al borde del precipicio? Los poetas que he conocido siempre estaban sin dinero. Para mí no fue un cliché. Con ellos, era mejor ir preparada, y si es posible, evitar vivir juntos. Esos poetas, y unos cuantos otros artistas, confiaban en que yo fuera la que trajera el dinero a casa. Desgraciadamente para ellos, los mecenas no corrían por las esquinas. Pero si lo que buscaban conmigo era la seguridad financiera, pues mala suerte, yo nunca he tenido un duro, igual que ellos.

—¿Cómo les iba entonces?

—En general, aquí es cuando explotaba todo. ¡Cuando estábamos tan presionados por las preocupaciones financieras que ya ni éramos capaces de decir por qué estábamos juntos!

—¡Yo siempre pensé que vivir con un artista debía ser emocionante! ¡Una vida para crear, imaginar, inventar! Abu, ¡te conté cómo, cuando era una preadolescente, me hubiera gustado estar al lado de John Lennon cuando escribió *Imagine*! Bueno, eso era antes de que entendiera el inglés… ¡Se me ponen los pelos de punta al pensar que tantos nos pusimos a cantar por un mundo sin Cielo, creyendo que eso podía ser la paz! ¡Uf, un himno al nihilismo, eso era más bien!

—¡Creo que Lennon no la habría escrito si hubieses estado a su lado! Además los artistas necesitan soledad para crear. Pero es cierto que algunos también necesitan musas. Sé un poco de esas cosas, he sido la musa de unos cuantos.

—¡Abu, eso nunca me lo contaste!

Abuela puso su carita traviesa. Se le sonrojaron las mejillas.

—Eso es porque no había nada que contar. No hay ninguna gloria en ser la musa de un artista. Al principio era halagador, pero luego, ¡vaya cruz! En privado, esos artistas eran otra cosa. Pero tal vez digo eso porque tuve mala suerte y no me tocaron más que poetas malditos.

¡Pobre Abu! Creo que me gusta más mi visión romántica de la vida de artista. La bohemia, la libertad. ¿Acaso no es la imaginación más propicia para la creatividad que la realidad? Creo que es la idea de las cosas lo que te impulsa a crear, no las cosas en sí. ¿A menudo no es el recuerdo que tenemos de las cosas, los lugares y las personas lo que más nos conmueve?

Abu parece perdida de nuevo en sus pensamientos. Me pregunto en qué año está, en qué país. Afuera, el color de la bahía ha cambiado de nuevo, de turquesa, se ha vuelto púrpura. El cielo parece haber bajado un tono para combinar mejor con el mar. Todavía hace calor, pero sopla una ligera brisa que se cuela por las ventanas Miami a través de las mosquiteras trayendo una agradable corriente de aire fresco a la sala y al comedor.

No tiene nada que ver con los artistas, pero a mí también, como a la Abuela, a veces no me gusta la historia de los seres humanos. La explotación desvergonzada de las personas y de la naturaleza, el odio institucionalizado, los genocidios, el sadismo, el racismo, el extremismo, todos esos -ismos de los que solo los humanos son capaces. Porque la maldad es definitivamente un atributo del ser humano. La ley de la jungla es dura, pero los animales matan solo para comer, y justo lo que necesitan. No son intencionalmente crueles, sádicos o codiciosos. Aunque prefiero no estar en el lugar de la presa.

Era en Kenia, a orillas del lago Nakuru, donde Karen Blixen inmortalizó a los flamencos. Me lo contó Abu. Una leona intentaba acercarse a un búfalo, un magnífico búfalo negro, probablemente un viejo macho, imponente todavía. El búfalo repelía los ataques de la leona a cuernazos, parecía tener la ventaja. Pero entonces llegó otra leona, luego otra, y otra más. En poco tiempo ya eran seis. El búfalo intentaba luchar con todas sus fuerzas contra todas a la vez. Pero las leonas son pacientes, esquivando sus golpes acabaron por rodear al bóvido.

Poco a poco, los contraataques del búfalo se volvieron menos enérgicos, el círculo a su alrededor se fue cerrando. La noche estaba a punto de caer. No hubiera podido decir cuánto tiempo había pasado, pero en una fracción de segundo, sintió que todo cambió. El búfalo tuvo como un sobresalto, casi imperceptible. De repente, soltó un gran suspiro y se dejó caer sobre la hierba. Dejó de pelear. Se rindió. Comprendió que no había nada más que hacer. Ya estaba oscuro, con el corazón estrechado después de lo que acababan de ver, se tuvieron que ir. Al día siguiente, pasaron por la misma pista. En el lugar donde el viejo búfalo negro había capitulado, no quedaba más que un cadáver medio comido, de donde salieron dos cachorros de león ensangrentados y saciados. Sí, la ley de la jungla es dura. Pero no es intencionalmente cruel, ni sádica, ni codiciosa.

Entonces, ¿cuándo empezó todo? ¿La perversión, el sadismo, la crueldad, la codicia, la explotación? ¿Dónde ocurrió primero la mutación que nos transformó en bárbaros? ¿Quién le dio el aval? Me viene a la mente el hermoso libro *Gracias a la vida* de la primatóloga e incansable defensora del medioambiente Jane Goodall, donde cuenta cómo fue testigo de una guerra emprendida por un grupo de chimpancés sobre el grupo que ella estudió y amó. ¿Será esto el principio de una respuesta? ¿No seremos más que simios irascibles?

Capítulo 26

Al otro lado de la bahía está la antigua Hispaniola, o Española, que hoy está dividida en dos países: al este, la República Dominicana; al oeste, Haití. No podemos verla desde aquí, está demasiado lejos. A medio camino entre la bahía y la costa de la República Dominicana, hay una islita, la llaman isla de Mona. Tampoco se ve desde aquí, es una reserva natural, es un poco nuestras Galápagos. Hoy en día, se ha vuelto complicado llegar allí, se necesita un permiso especial y las visitas están limitadas a los pocos barcos a motor que cruzan el canal.

Antes bastaba con pedirle a un pescador que nos llevara. Había que cargar todo, agua, comida, tiendas de acampar, hamacas, porque no había nada de eso en la isla. A mi tío, al que le gusta pescar, le encantaba ir allí porque también podía cazar. En la Mona hay cabras, muchas cabras, se pueden cazar, porque si no habría demasiadas.

Una vez acompañé a mi tío a la isla de Mona con mi tía y mi prima. Por supuesto, yo dejé tranquilas a las cabras. La caza, como la pesca, son cosas de mi tío. A mí lo que me interesó fueron las iguanas gigantes, unas iguanas que solo existen en la Mona y que tenían la mala costumbre de observarte descaradamente cuando te agachabas para hacer un asunto privado en un pequeño terreno previsto para eso. Entonces no me daba cuenta de que la intrusa era yo y de que lo que estaba haciendo no era bueno para su medioambiente. No cruzamos el canal de la Mona en el bote de mi tío. Llegar hasta la isla es muy peligroso, solo había un puñado de pescadores capaces de hacerlo. Le pedimos a uno que nos llevara en su viejo bote. ¡Todavía recuerdo el asombro y la emoción cuando nos cruzamos con una ballena jorobada en medio del canal! Primero salió el impresionante chorro causado por el aliento de la ballena, luego la vimos salir del agua, con su cabeza alargada, su cuerpo majestuoso, su poderosa cola. En aquellos tiempos no había tours organizados en el canal para ver las ballenas como los hay ahora. Cruzarse con una ballena era uno de esos regalos que la vida te hacía cuando no le pedías nada.

Tótem animal de las olas, signo de buen augurio, guardianes del mar, las ballenas jorobadas abandonan saciadas las frías costas de Islandia en otoño para pasar el invierno en el trópico, donde los machos llamarán a las hembras con su canción lastimera y melodiosa, se aparearán y las hembras darán a luz. Su reserva de grasa será suficiente para pasar el invierno tropical y amamantar a las crías sin tener que buscar comida.

Desgraciadamente, no se encuentran solo ballenas en el canal de La Mona. Una vez más, el mar me recordó que carga la vida, pero también la muerte. Nosotros no habíamos notado nada, pero el ojo entrenado del viejo pescador en su viejo bote, sí. El bote cambió bruscamente de rumbo para dirigirse hacia un diminuto punto castaño que, de cerca, resultó ser el casco de una pequeña barca. Todos comprendieron inmediatamente lo que significaba, menos yo. Era solo una adolescente y no conocía el mar ni el canal de Mona. ¿Cuántas personas habían abandonado la isla de La Española amontonadas en esa barca? ¿Diez? ¿Veinte? Nunca lo sabremos. Solo ese pequeño bote volcado, en medio de la nada, atestigua su existencia, sus esperanzas frustradas de una vida mejor en una isla vecina, su trágica muerte en las aguas mortíferas del canal.

Eso pasó mucho antes de que se empezaran a contar los muertos en el Mediterráneo, mucho antes de que la palabra «migrante» les diera migrañas y combustible para el odio y votos a los gobiernos y políticos, mucho antes de que se sirvan del deber de asistencia en el mar, del derecho de asilo, del sentido común, de la simple humanidad como papel higiénico.

Mientras miro hacia la bahía tranquila, sigo sin entender por qué, cuando ya tenemos tantos ejemplos y distancia suficiente que no es posible decir «No sabíamos», poblaciones enteras siguen dejándose manipular por un puñado de políticos llenos de odio que, para lucrar, mantenerse en el poder u ocultar su incompetencia, los convencen de que los indeseables, los enemigos que deben ser erradicados son los migrantes, los judíos, los negros, los tutsis, los hutus, los intelectuales, los burgueses, los pobres, los homosexuales, los musulmanes, los infieles, los indígenas, nuestros vecinos, amigos, hermanos, hermanas. Miro hacia la bahía tranquila y no entiendo por qué.

¿Cambiaría algo si la escuela, en lugar de seguir dándole importancia solamente a las matemáticas, las ciencias, la literatura, los idiomas, la historia, la geografía, los resultados, la competición, si la escuela enseñara desde la guardería y durante toda la vida, otras materias tan importantes, si no más, como el respeto hacia los demás, en particular a los más vulnerables, el manejo de las emociones, especialmente la ira (antecámara del odio), la tolerancia, el compartir, el sentido de la justicia, la desobediencia civil, el altruismo, la empatía, la solidaridad?

No creo haber tenido problemas en la escuela, excepto con unos cuantos acosadores con pantalón corto y largo. Incluso creo que fui buena estudiante. Pero si tuviera que elegir hoy, enviaría a todos los niños a la escuela de las ballenas, de los viejos pescadores que cambian de rumbo para prestar asistencia en el mar, de las iguanas que te miran sin concesiones cuando cagas en su territorio, de los botes volcados que te vuelcan el corazón.

Capítulo 27

Abu salió de su ensueño, la veo dirigirse al balcón. Ahora está hablando con sus plantas medicinales. Aquí no se dice plantas aromáticas porque la gente sabe que son mucho más que eso. Abuela habla todos los días con su albahaca, su malagueta, excelente para las picaduras de mosquitos y las contusiones, su lengua de vaca, que, según los supersticiosos, ahuyenta a los espíritus malignos, su Juana la blanca, buena para los riñones, su orégano, su romero. No sé qué les cuenta, pero sé que sus plantas la oyen, la entienden.

Sus flores también. Abu tenía un rosal, lo encontró en el centro comercial. A veces en ese centro hay un mercado de vegetales y plantas. En general, este tipo de placitas, como las llaman aquí, se encuentran al borde de las carreteras. Puede ser un comerciante que vende productos de la región, o un agricultor que viene a vender sus piñas, chinas, papayas, panapenes o plantas medicinales.

Abuela no suele comprar flores en los centros comerciales. Pero las rosas no son como el hibisco o la buganvilla, no son flores tropicales, es raro verlas en Puerto Rico, por eso no pudo resistirse. Me dijo que nos extrañaba y cuando vio la rosa, se sintió más cerca de nosotros. Abu compró la rosa de la placita en el centro comercial y la puso en su balcón, junto con sus otras plantas. A pesar del calor abrasador del suroeste de la isla, el rosal le dio varias rosas hermosas. Cada una le recordaba a nosotros.

Desgraciadamente, durante uno de sus viajes, su vecino, que generalmente cuida sus plantas y que entiende porque tiene su propio huerto, no estaba en casa, estaba en el hospital después de una operación de corazón. Entonces Abuela le pidió a otra vecina que se ocupara de sus plantas. Pero esa vecina no tenía plantas, no sabía bien cómo cuidarlas. Cuando Abuela regresó, su rosa estaba completamente seca. Abu estaba muy triste, se resignó y estaba a punto de enterrar el rosal, pero se dio cuenta de que había una rama que parecía un poco menos pachucha, por lo que cortó el rosal y guardó solo esa rama. La limpió con un trocito de algodón y un poco de jabón, añadió compost en la maceta y le habló como de costumbre, tal vez más suavemente y durante más tiempo.

Al día siguiente, notó un bultito en la rama. El bultito se alargó rápidamente y se convirtió en una nueva rama, empezaron a salirle hojas. Luego apareció un capullo, que se convirtió en una hermosa rosa, aunque un poco más pequeña que las anteriores, y luego salió una segunda rosa. Después de eso, el rosal entregó el alma para siempre. Probablemente sabía que era el final, pero antes quiso agradecerle a la Abuela el no haberle abandonado.

Como su memoria la traiciona, Abu pasa cada vez más tiempo en su balcón, cuidando de sus plantas y hablando con ellas. También guarda las semillas, pepas o huesos de las frutas que le parecen particularmente sabrosas. Las remoja en agua oxigenada, por si llevaran enfermedades, y las deja secar al sol, antes de sembrarlas en una de esas pequeñas macetas de barro que siempre tiene, porque las colecciona y las guarda amontonadas al lado de su orégano.

«Utiliza siempre macetas de barro», suele repetir Abuela, «las plantas necesitan conectarse a la tierra incluso en un balcón. El plástico no sirve, te salen arbolillos atrofiados». Si Abuela cultiva los árboles frutales en su balcón no es para guardárselos para ella, sino para regalárselos a sus vecinos, a sus amigos, a todo el que tenga un pedacito de tierra donde puedan crecer estos arbolitos, y algún día, dar frutas hermosas. «No dejemos», dice Abu, «que los huracanes nos quiten las cosas buenas que tenemos».

Para Abuela, los arbolitos en el balcón son una forma de resistir en esta isla donde mucha gente cree que el campo es solo para los jíbaros, los campesinos, los pobres, los anticuados. Una isla donde los huracanes destruyen regularmente el trabajo paciente de muchos años, cuando no son las autoridades las que venden las mejores tierras y su patrimonio natural a cambio de alguna cosilla por debajo de la mesa.

Menos mal, también hay algunos jóvenes que lo entienden. Regresan a las fincas de sus padres y abuelos para cultivar plantas, igual que Abu, sin causar daño a la naturaleza. Ya no creen en los cuentos que les han contado. Progreso, progreso, progreso. Ellos prefieren la vida. La maldad es un atributo del ser humano, pero sigo pensando que en la Tierra hay más gente buena que pendejos.

Capítulo 28

Son las seis, la hora de las cotorras. Abuela y yo no necesitamos ni reloj ni despertador. Todas las mañanas a las seis en punto y todas las tardes a las seis sus chillidos se elevan por los aires anunciando la hora del desayuno y de la cena. En Puerto Rico entendí por qué «cotorra» también significa «parlanchín». ¡Vaya algarabía la que hace un grupo de cotorras! Sabe Dios lo que se estarán contando.

Las cotorras siempre vuelan en bandada. Abu y yo nunca nos cansamos de observarlas. Vuelan desde un árbol en el jardín hasta otro árbol al otro lado del campo formando una nube verde clara, armoniosa y alegre que reluce bajo los rayos anaranjados del amanecer y del atardecer. Por la tarde se distingue aún mejor el movimiento de sus alas a contraluz.

La cotorra puertorriqueña se reconoce, además de por su hermoso plumaje verde, por una pequeña mancha roja que tiene sobre el pico. Ya no quedan muchas. Las que vuelan todos los días frente a nuestro balcón no tienen mancha roja. Dicen que son de la República Dominicana. Yo las amo igual.

Después del último huracán, Abu y yo salimos a ver los daños. Apenas un par de horas después del paso del huracán, los vecinos ya habían conseguido despejar la calle delante de casa, donde se había caído un gran árbol. Despejar las carreteras es lo primero que se debe hacer después de un huracán, para que pueda llegar la ayuda y se pueda ir a rescatar a otras personas. Nos aseguramos de que todos los vecinos estaban bien, pero no pudimos evitar pensar en las cotorras. ¿Habrían conseguido escapar a tiempo?

Habían caído muchísimos árboles en los alrededores. Junto a uno de ellos, encontramos un pájaro. Había perdido su color, no quedaba más que una silueta pálida y sucia, pero por la forma del pico, no cabía duda de que era una cotorra. Abu y yo sentimos nuestros corazones estrujarse. Sentimos que ya no volveríamos a ver volar a nuestras cotorras ni a escuchar sus chirridos. Al ver el estado en que el huracán había dejado a la cotorra, a los árboles, a los jardines, a las casas, nos agarró una tristeza indescriptible.

A la mañana siguiente nos sorprendió escuchar un llanto tímido. Era como una queja débil y llena de dolor. Al poco rato, respondió otro débil grito de dolor, luego otro. No cabía duda, ¡algunas cotorras habían sobrevivido! Había algo profundamente conmovedor en su lamento. Al igual que nosotros con los vecinos, y que todos en la isla en ese momento, trataban de comunicarse entre ellas mientras lanzaban desesperados pedidos de ayuda hacia el mundo exterior. No hubo más que unos cuantos intentos, tras los cuales las cotorras permanecieron en silencio. No las volvimos a ver volar frente a nuestro balcón. No supimos qué había sido de ellas.

Un año después, cuando ya nos habíamos resignado, Abu y yo tuvimos una sorpresa. A las seis en punto. Al principio pensamos que no era posible, pero de pronto salimos corriendo al balcón. Allí estaban. No era la nube de cientos de cotorras que solía despertarnos, solamente un grupito de unas diez. ¡Pero qué alboroto! Abu y yo nos ahogamos mutuamente con abrazos, nos reímos, lloramos.

Ya han pasado tres años. En qué isla se habrían refugiado este puñado de sobrevivientes para curar sus heridas nadie lo sabe. Pero las cotorras están de vuelta, mañana y tarde, a la misma hora. Cada año son más, aunque no muchas, por desgracia. Sus chirridos y su plumaje verde que brilla bajo los rayos del sol son un testimonio diario de la resiliencia y la fragilidad de nuestro medioambiente y de los animales que lo habitan. De cuán valiosa e irremplazable es cada una de las especies, incluso las más comunes, las que vemos todos los días y a las que a veces ni siquiera prestamos atención.

De regreso al árbol que trepa por encima de la valla, cerca de la puerta trasera de la residencia, las cotorras se han callado. En su lugar, escuchamos elevarse en la noche la canción del coquí. La noche ha caído de golpe, como suele ocurrir en estas latitudes. Siempre se me olvidaba cuando caminaba sola al atardecer por la playa antes del accidente.

En esos momentos, no me sentía tan segura como Abu. Cuando ya los mosquitos habían dejado de picar a pesar de las mangas y los pantalones largos, me sorprendía la oscuridad y tenía que acelerar el paso. Tenía miedo de que un perro callejero me persiguiera en la oscuridad para morderme los tobillos, o pisar una aguaviva. Detrás de las sombras de las palmeras me imaginaba traficantes esperando la llegada de una lancha, o un borracho que quizás no tuviera nada mejor que hacer que lanzar una botella sobre mi cabeza. Solía terminar el paseo corriendo. A Abu le encantan los baños de medianoche en la bahía. Yo, nada más pensarlo, se me ponen los pelos de punta. Abuela se balancea suavemente hacia delante y hacia atrás en su mecedora. Cuando no está hablando con sus plantas, su lugar favorito es en el balcón. A esta hora, le gusta mirar las estrellas, como cuando era niña. No hay nada más atemporal que las estrellas.

—Qué curioso pensar que al otro lado del Atlántico se ve lo mismo que aquí: la Osa Mayor, la Osa Menor, Orión, la Vía Láctea. ¿Sabías que cuando estás en Europa miro las estrellas porque así me siento más cerca de ti?

—Es gracioso, Abu, a mí me ha ocurrido estando de viaje, mirar las estrellas me ha hecho sentir más cerca de casa.

—Quizás la casa de todos nosotros, después de todo, no es la Tierra, ¡es el cielo!

Abu se ríe. Una risa traviesa y cristalina que hace eco con la melodiosa canción del coquí.

¿Por qué no? Quién sabe si Abu, yo, los vecinos, las cotorras, los coquíes, los europeos, los americanos, los africanos, los asiáticos, los oceánicos, somos todos astronautas sin darnos cuenta.

Capítulo 29

Mientras el sancocho, un guiso criollo al que se le ha echado ñame, batata, plátano verde, maíz y calabaza, termina de hervir sobre la estufa, Abu ha cambiado la mecedora por su sillón de mimbre en la sala de estar. No le gusta mucho ver televisión, pero por nada en el mundo se perdería su programa musical favorito. No es que se deje engañar por esos concursos de canto donde los ganadores ya se conocen de antemano, pero la conmueve escuchar a esos jóvenes que, en su mayoría, tienen mucho talento.

«Cuando era pequeña», empezó Abu, «yo también participé en un concurso. No era un concurso de canto, ese era un concurso de dibujo organizado por los dueños del colmado. Nos pidieron que dibujáramos la playa. Todos los niños agarramos papel y lápices y nos sentamos en la arena para dibujar. A mí me gustaba mucho, así que realmente me apliqué. Primero le di forma a las olas, luego a la espuma en la arena, a pequeños cangrejos y fragatas flotando en el cielo. Incluso retraté a uno de los jóvenes del pueblo que se zambulló desde la roca, donde termina la playa y empieza el mar abierto.

Nuestros dibujos se exhibieron en las paredes del colmado, todos los del pueblo vinieron a verlos. Oí a un señor que hablaba con su vecino elogiando uno de los dibujos: "Mira este", decía "que bien lo hizo, ¡si él hasta dibujó los detalles de los músculos!". Estaba hablando de mi buzo. No gané nada, pero este comentario fue como un premio, aunque no fuera un "él" quien lo hizo, sino yo. Luego me enteré de que el ganador era el sobrino del dueño del colmado. Su dibujo no valía nada».

En la televisión acaban de eliminar a una candidata muy talentosa.

—No me lo creo, Abu, ¡si era la mejor! ¿Están sordos o qué?

—¡Claro que no, qué te crees! La eliminaron justamente porque tiene mucho talento. No querrían que eclipsara a uno de sus favoritos.

Abuela siente que estos concursos sean organizados por los mercaderes del templo, como dice. «Por lo menos en los tiempos bíblicos los mercaderes del templo se quedaban en el templo. ¡Ahora están en todas partes!».

Como de costumbre, el sancocho de Abu está exquisito. Me hubiera gustado heredar el talento de Abuela para cocinar, pero aparte de dos o tres recetas de bizcochos (no me sale mal el *cheesecake* de calabaza) soy un verdadero desastre en la cocina. Por eso no invito casi nunca a nadie a almorzar o a cenar. No es solamente porque en casa prefiero la tranquilidad para recargar baterías.

Con este accidente, sé que me voy a tener que quedar bastante tiempo tranquila. Pero todavía no sé si es algo bueno o no. Aunque ahora mismo, una cosa buena es que puedo descansar. Lo necesitaba, los últimos años han sido unas verdaderas montañas rusas. Tanto profesionalmente como emocionalmente. No solo por los desastres que azotaron la isla, sino también por desamores, mudanzas, puñaladas en la espalda, colapsos financieros, sustos a nivel de salud, incertidumbre. No es que sea nada nuevo, al igual que Abu, estoy acostumbrada a las dificultades. Incluso creo que ella y yo ya somos especialistas en resolución de problemas. Sacamos una fuerza insospechada en la adversidad. Pero cuando es demasiado, es demasiado. Quizás por eso ocurrió el accidente, dicen que nada sucede por casualidad. Cuando la mente no quiere soltar, suelta el cuerpo. ¡Bam! ¡Tú ya no te mueves! Si no nos movemos, claro que hay menos posibilidades de que nos pase alguna desgracia. No es nada metafísico, es estadístico.

Pero los accidentes no dejan de ser un golpe para la autoestima. ¡Con todo el tiempo que he pasado tratando de subir un poco mi autoestima! La tuve que buscar durante mucho tiempo, porque a las hadas madrinas se les había acabado cuando se inclinaron sobre mi cuna. Creo que no les quedaba gran cosa ese día, así que hicieron lo que pudieron, por eso rociaron una dosis extra de determinación sobre el moisés, por si acaso.

Los accidentes son una regresión, una vuelta a empezar, no solo a los primeros pasitos, antes que eso. Al principio, hasta temí perder el uso del lenguaje, pensé que tendría que volver a aprenderlo todo. Volver a aprender varios idiomas. *Ma-me-mi-mo-mu. Do-did-done. Catch-caught-caught. Sew-sewed-sewn. Ba-pa-ma-fa. Da-ta-na-la.* ¡Ay Dios! No paraba de tomar notas, por si acaso. Afortunadamente no se me olvidó el lenguaje. Pero después del accidente, me sentí como una niña. Y también como una viejita, las dos cosas a la vez. Por un lado, es una regresión a la primera infancia, por otro, un gran salto a la vejez. Ni siquiera puedo imaginar cómo debe ser tener un accidente cuando ya eres viejo.

—Abu, ¿tú qué haces para evitar las caídas? Dicen que pueden ser muy peligrosas a tu edad. Leí que las caídas son una de las principales causas de mortalidad para las personas mayores.

—Trabajo el equilibrio. Cómo sentarse y pararse, o entrar y salir del automóvil. También doy unos pasitos de baile cuando nadie está mirando.

—¿Sigues bailando, Abu? ¡Oh, enséñame!

Tuve que insistir. Cuando era joven, Abu era la reina de la pista de baile, sus amigos la llamaban Dancing Queen. Hacía años que no la había visto bailar.

Pero esta noche, Abuela se levantó y dio unos pasos de bachata. Ni siquiera se le ha perdido el golpecito de cadera.

Capítulo 30

No me gusta la noche. O más bien, la temo. Antes, el adormecimiento era mi momento favorito. Ese momento mágico, cuando la cabeza se hundía suavemente en la almohada y todos los problemas se alejaban como por encanto. Ahora tengo miedo de irme a dormir. Sé que no voy a descansar del todo. Que me despertaré varias veces. Lo más probable es que tenga pesadillas.

Miro hacia el ventilador de techo que gira en la oscuridad y me pregunto si va a haber un terremoto durante la noche y si el ventilador se me va a caer justo en la cabeza. Me muevo en la cama. Me acuesto con los pies hacia el otro lado. He pasado muchas noches de mi vida bajo un ventilador, aquí, en Asia o en África, sin preocuparme lo más mínimo, simplemente saboreando el fresquito, observando el monótono movimiento circular del abanico de techo, agradeciendo que mantenga alejados a los mosquitos, primera línea de defensa antes de la mosquitera.

¿Qué me ha pasado? ¿Cuándo y por qué se infiltró el miedo en mi vida? ¿Qué ha sido de mi despreocupación, que ni siquiera he sentido alejarse? ¿Le pasará lo mismo a Abu? ¿Tampoco confía en el ventilador?

Durante el día, no me ocurre. Pero por la noche, es como si esta tranquila bahía de repente se convirtiera en un escondrijo de piratas, una selva amenazante, un cataclismo inminente, un *tsunami* que arrastra todo a su paso. No deseo más que una cosa, que la noche pase lo más rápido posible y que regrese el día, y con él, el chirrido de las cotorras, el canto del turpial, el horizonte azulado, el mar turquesa, la presencia relajante de Abuela.

Creía que estos miedos desaparecían con la niñez. A mí me surgieron en la edad adulta. De hecho, creo que me ha salido todo al revés. Fui una viejecita llena de filosofía y de certezas en mi infancia, una mujer madura y responsable durante mi adolescencia, una madre sobreprotectora a la edad en la que otros se pasan el tiempo bailando y seduciendo, una rebelde alrededor de los treinta, y me llegaron los terrores nocturnos, llenos de monstruos y de fantasmas, de los niños pequeños, cuando debería haber encontrado la serenidad. ¿Acaso empezaré pronto a chuparme el dedo pulgar?

¿De qué me han servido todos los libros, los viajes, los idiomas, los estudios, las experiencias, los encuentros, los fracasos, los logros, si es para llegar a esto? ¿O será que nuestra vida, como un electrocardiograma, se acopla a las pulsaciones y sobresaltos del mundo, de la historia, y que simplemente nací en un mal momento, justo antes de que al mundo le diera la gana de emprender un lento declive? De pasar del vivir juntos al interés individual, a *los extranjeros, fuera, a mí me importa un bledo el planeta,* a *¿están las estaciones orbitales listas para acoger a los multimillonarios?* ¿Sucederá todo esto precisamente en la noche, momento propicio al descubrimiento de los inconscientes?

Estos días evito leer las noticias, siento como si nos hubiéramos alejado de las Luces para volver a la edad de las tinieblas. O solo las leo cuando el título me parece anunciar un inesperado regreso al sentido común. Tal vez debería hacer un esfuerzo, pero es que no soporto los conflictos mezquinos de los políticos con ansias de protagonismo, o que nos hagamos, creyendo que es lo correcto, los portavoces de las provocaciones de unos cuantos dictadores en desarrollo y otros reprimidos del superyó y de la omnipotencia infantil, olvidando que ese tipo de personas, cuando no pueden recibir su dosis de admiración, se alimentan de la ira de los demás. Cuanto mayor la ira, la de sus admiradores como la de sus enemigos, más poderosos se vuelven.

No sé cómo lo consigue Abu, sé que a veces sufre por dentro, pero no lo muestra. Ha pasado su vida por el mundo entero persiguiendo los sobresaltos de la historia. ¿Acaso nunca se vuelve vacunado? Quizás un poco. Como dice Abu, «hemos visto cosas peores». Quizás también olvidar las cosas inmediatas, a fin de cuentas, sea salvador. Como Abuela, si yo viviera en mi mente la edad en que se mira el cielo contando las estrellas de la Osa Mayor, tal vez no le temería tanto a la noche.

Trato de concentrarme en la voz del coquí que canta justo debajo de mi ventana. Tengo seis años, estoy en la terraza y aparto las hojas de la planta en la gran maceta, una de las favoritas de Abu. El coquí se calla, yo pretendo alejarme. Vuelve a entonar su canción de dos notas. ¡Co-quí! ¡Co-quí! Lentamente, doy la vuelta a la planta, aguanto la respiración y hundo la cara entre las hojas. Al fin distingo los ojos saltones de la ranita. Ella se queda inmóvil, apenas respira. Observo con emoción y una ternura infinita su pequeño cuerpo pardo, su cabecita y sus grandes ojos. ¡No te quiero hacer ningún daño! ¿Cómo se dice eso en coquí? En mi mente, pronuncio las dos únicas sílabas que conozco en su idioma: ¡Co-quí! ¡Co-quí!

Lleva aquí treinta millones de años, a algunos no les importa. Pero Abu y yo nos prometimos hacer todo lo que esté a nuestro alcance para que, por la noche, pueda seguir llenando la bahía de su dulce ¡co-quí! Esperando que otros hagan lo mismo.

Acurrucada bajo mi sábana, me parece percibir de pronto un sutil olor a incienso, y poco a poco, me siento como envuelta en una dulzura y una paz desconocidas hasta ahora. No estoy segura, pero creo recordar que mis últimos pensamientos, antes de dejarme llevar por un profundo sueño eran algo así: dejar cantar a un coquí es también silenciar las voces del sadismo, de la crueldad, del odio, de la explotación, de la codicia, de la destrucción. Es vida. Es amor. Es esperanza.

Agradecimientos

Susana Passeron, en Argentina; Ernesto Álvarez, en Puerto Rico; y Verónica Díez Arias, en España, por sus comentarios, lectura minuciosa y edición del manuscrito.

Lester Darder, Ana Mayo, Nydia Patricia Rivera Martínez, Nancy Zerbi y mis padres, por tener cada un@ algo de Abu.

Lester «Carilyn» Colón, por haber creído en mí desde el primer día.

Nydia Enid Ramírez Rivera, por ser la «memoria» de la familia.

Marie-Antoinette Dunant, por tu inestimable apoyo.

DJO, siempre atento mensajero.

Margarita Salvat («Chirin»), donde te encuentres, por haber puesto entre mis manos de preadolescente un cuaderno con las páginas en blanco, y por tus palabras, que no comprendí hasta mucho después: «Un día escribirás».

Nedinia Waiba, mi hija, por su talento y la ilustración de la cubierta.

Dr Marino Delmi, cirujano-reparador de pies y de tobillos.

Piotr Goszczynski y Dr Felix Neumayer, que también supieron curar mi pierna con sus manos y sus palabras.

Las Diaconisas y todo el equipo de Saint-Loup, que acogen con amor cuerpos, almas y espíritus en busca de Su paz y de Su sanación.

Por la misma autora:

Genève, l'esprit solidaire (Slatkine, 2017)
Karaya perdió su caparazón (Sea Grant, 2019)

La primera edición de este libro se imprimió
en Puerto Rico, bajo un cielo color del Sáhara
y un mar tranquilo.

Esta 2ª edición se finalizó en Saint-Loup, Suiza,
un lugar lleno de la presencia del Señor,
donde recobré la facultad de caminar,
tras una larga rehabilitación
y una restauración profunda
de mi alma y de mi espíritu.